KB059874

도종환의 **교육** 이야기

도종환 에세이

도종환의 **교육** 이야기

변해야 할 것과
변하지 말아야 할 것

사□계절

포리스트 카터가 남긴 『내 영혼이 따뜻했던 날들』이라는 소설이 있습니다. 저자가 동부 체로키 산속에서 할아버지 할머니와 함께 생활했던 어린 시절의 이야기를 엮은 자전적 소설입니다. 할아버지 할머니 그리고 자연이야말로 어린아이에게 얼마나 위대한 인생의 스승인지를 아주 잘 보여 주는 작품입니다.

이 소설 후반부에 와인 씨라는 등짐장수 이야기가 나옵니다. 와인 씨는 물건을 팔러 왔다가 어린 주인공 '작은 나무'에게 시계 보는 법을 가르쳐 주고, 숫자 쓰는 방법과 덧셈, 뺄셈을 가르쳐 주며, 기다랗고 노란 연필을 주고는 연필 깎는 요령도 가르쳐 줍니다.

그러면서 '작은 나무'에게 교육이란 두 개의 줄기를 가진 한 그루의 나무 같다고 말합니다. 한 줄기는 기술의 줄기이고 한 줄기는 가치의 줄기라고 합니다. 기술의 줄기는 자기 직업에서 앞으로 발전해 가는 법을 가르치는데 그래서 최신의 것을 받아들여야 한다는 것입니다. 그런데 또 다른 한 줄기는 굳건히 붙들고 바꾸지 않을수록 좋다고 합니다. 정직하고, 절약하고, 항상 최선을 다하고, 다른 사람들을 배려하는 것을 가치 있게 여기는 태도 등은 바꾸지 말아야 한다는 겁니다. 이런 가치들을 배우지 않으면 기술 면에서 아무리 최신의 것들을 익혔다 하더라도 결국 아무 쓸모가 없게 된다고 합니다.

포리스트 카터가 죽은 뒤에 더 유명해진 이 소설은 자연과 인간, 삶과 죽음을 대하는 체로키 인디언의 깊은 사유에 대해 존경의 마음을 갖게 하며, 훌륭한 교육이란 어떤 것인가를 다시 생각하게 합니다.

10여 년 전 펴낸 교육 에세이 『마지막 한 번을 더 용서하는 마음』 개정판을 내면서 부제였던 '도종환 교육 에세이'를 『도종환의 교육 이야기』로 고쳐 제목으로 삼았습니다. 책에 들어 있는 글 중에 세월이 흘러 지난 이야기가 되어 버린 글 몇 편을 뺐습니다. 그리고 '변해야 할 것과 변하지 말아야 할 것'이라는 부제를 붙였습니다.

출판사로부터 제목을 바꾸자는 제안을 받고 처음엔 망설였습니다. 같은 책을 다른 제목으로 바꾸어 개정판을 내는 것이 독자를 속이는 것은 아닐까 하는 걱정 때문이었습니다. 그러나 『내 영혼이 따뜻했던 날들』도 복간을 하면서 바뀐 제목임을 알게 되었습니다. 본래 제목은 『할아버지와 나』였습니다. 이 소설처럼 더 아름답게 바꾼 제목은 아니겠지만, 하고자 하는 이야기를 제목과 부제에 정확하게 전달할 필요도 있다고 생각했습니다.

교육에는 분명히 새로 받아들여야 할 것들이 있습니다. 끝없이 새롭게 추구하고 갱신하고 변해야 할 것들이 있습니다. 그러나 시간이 흘러도 굳건히 지켜 나가야 하는 가치들도 있습니다. 그 두 가지를 잘 구분하고 판단할 줄 아는 눈을 교사와 부모들은 지니고 있어야 합니다.

몇 해 전부터 핀란드 교육에 대한 관심이 부쩍 높아지고 있습니다. 그들은 수업 시수도 우리나라보다 적고, 학원은 없으며, 학교에서 협력 학습으로 공부하는데도 국제 학생 학력평가 프로그램 PISAProgram for International Student Assesment에서 1위를 놓치지 않고 있습니다. 세계 최고의 경쟁 교육으로 공부하는 우리나라 학생들이 그들보다 뒤처지고 있습니다. 핀란드에서는 뒤처지는 학생들에게 더 관심을 쏟고 노력을 기울여 성적을 상향 평준화하는 길로 가는 데 비해, 우리는 잘하는 학생들 중심으로 학교 교육을 이끌어 가면서 뒤처지는 학생들 때문에 생기는 하향 평준화를 교육의 큰 문제라고 걱정하고 있습니다. 두 나라의 교육이 너무 대비가 됩니다.

최근에 카이스트 대학 학생들과 교수가 연이어 자살하는 사건이 발생하면서 경쟁 교육을 우려하는 목소리가 많아지고 있습니다. 자살한 학생 하나하나가 고등학교 때까지 최고로 우수한 학생들이었고 그 분야의 인재들이었습니다. 그들은 사회 각 분야의 인재로 조직의 변화를 선도하는 지도자가 될 사람들입니다. 그들이 지도자가 되면 경쟁을 요구하기보다 협력의 리더십을 필요로 하게 됩니다. 따라서 경쟁 교육으로만 몰고 가기보다 경쟁과 협력의 균형 감각을 갖게 해 주는 교육의 길을 고민했어야 합니다.

학교에서부터 경쟁이 아니라 협력 학습으로 공부하는 태도가 몸에 배고 그래서 사회도 협력의 원리로 굴러가는 나라, 그러면서도 국민소득이 우리보다 두 배 높고 반부패지수 1위인 동시에 국가 경쟁력 1위인 핀란드 같은 복지국가로 가면 얼마나 좋겠습니까. 교육이 그런 나라를 만들어 내는 추동력이 된다면 얼마나 좋겠습니까? 핀란드처럼 교육청장에게 교육의 개혁과 변화를 맡기고 20년 정도 밀어 주는 국민들의 합의와 협조가 있어야 실현

가능한 일입니다. 그렇게 멀리 내다보고 설계하고 실천해 나가야 하는 것이 교육입니다. 칸트도 교육은 아이들의 현재와 미래까지를 고민하는 것이라고 했습니다.

그래서 교육에서 변해야 할 것과 변하지 말아야 할 것이 무엇인지를 살피는 일이 더욱 필요합니다. 경쟁과 협력의 균형을 찾는 일이 필요합니다. 바른 인성을 갖도록 가르치며 동시에 창의적인 사람으로 키우는 일이 필요합니다. 그런 고민을 함께 나누고자 하는 것이 이 책의 개정판을 내는 이유입니다.

2011년 6월

도종환

■ 작가의 말

　여기 나오는 이야기는 제 딸아이가 초등학교 고학년에서 중학
생으로, 아들이 중학생에서 고등학생으로 자라는 과정에서 겪은
일들입니다. 저희 아이들은 특별하지 않은 보통 아이들입니다.
그래서 제 이야기는 어느 집에서나 아이를 키우며 늘 고민하는
그런 보편적인 이야기가 될 수 있고, 또 지금 학교 다니는 아이를
둔 많은 부모님들이 집과 학교에서 동시에 느끼는 고민일 수도
있습니다.
　"요즘 애들은 어찌 된 일인지 손 하나 까딱하지 않으려고 해
요" "어려움을 모르고 자라서 그런지 너무 편하려고만 해요" "애
들이 저밖에 몰라요. 너무 이기적이에요" "돈에 밝고 물질적인
면에 너무 치중해요" "숙제도 잘 안 해요" "저렇게 공부를 안 하
니 어떡해야 좋을지 모르겠어요" "아파트에 갇혀 텔레비전과 컴

퓨터에만 빠져 지내서 정서가 메말라요" "학교 교육이 마음에 안 들어요"…….

자녀를 둔 어머니들의 이런 고민에서 저의 이야기는 출발하였습니다. 그리고 거기에 대한 대답을 우리 아이들과, 그리고 이 책을 읽는 여러분과 함께 찾아보고자 했습니다. 더불어 이 땅의 어머니 아버지들에게 자녀 교육에 대해 제대로 관심을 쏟는 부모가 되어야 한다는 이야기를 하고 싶었습니다. 부모는 학교에서 내주는 성적표 말고 또 하나의 성적표를 갖고 있어야 한다고 강조한 일본의 아동심리학자 시나가와 다카코 여사의 말을 들려주고 싶었습니다.

그리하여 결국 우리 아이들이 개성 있고 창의적이며 감성지수가 높은 능력 있는 아이로 자라, 자기가 하고 싶은 일을 하면서 삶의 기쁨과 노동의 가치를 알고 이웃과 더불어 행복하게 살아가는 사람이 된다면 얼마나 좋을까 하는 바람을 가졌습니다.

이런 아이들로 키우기 위해 교사가 얼마나 더 노력해야 하며, 거듭나고 새로워지기 위해 얼마나 더 고민해야 하는지를 교사들에게 말하고 싶었습니다. 고민하지 않는 교사야말로 문제 교사가 된다는 말씀을 드리고 싶었습니다. 물론 교사들이 신 나게 일할 수 있는 여건이 마련되어야 그것도 가능할 겁니다. 그러나 한순간도 늦추지 않고 아이들을 바르게 가르쳐야 하는 책무가 우리 교사들에게 주어져 있습니다. 그것은 어쩌면 남을 가르치는 자 된 사람의 업보요 운명인지 모릅니다.

학교가 무너지고 있다고 걱정들을 많이 합니다. 그러나 누군가 그 속에서도 변화하는 현실을 직시하며 무너져야 할 것과 무너져 서는 안 될 것을 구분하고, 다시 새롭게 세워 나가야 할 교육의 원칙과 방법을 찾기 위해 노력하고, 변화를 두려워하지 말고 내가 어떻게 달라져야 할 것인가를 고민해야 한다고 생각합니다.

요즘 학생들의 문화와 사고방식과 삶의 태도를 이해할 수 없다 고 불평하고 걱정만 할 게 아니라, 그들 곁으로 한 발짝 더 다가 가서 아이들의 목소리에 귀를 기울인 뒤 우리가 보듬어 안아야 할 것을 찾아보고 더 나은 길을 일러 주는 어른이 되어야 한다고 생각했습니다. 마지막 한 번을 더 용서하고 이해하고 기다려 주 어야 한다고 생각했습니다.

「시시포스의 바위」라는 글에서 저는 실패한 저의 교육 사례 하 나를 소개하였습니다. 그 아이의 도벽과 가출과 거짓말과 방황을 저는 끝내 잡아주지 못할지도 모릅니다. 그러나 저는 멈추지 않 을 것입니다. 산꼭대기까지 밀어 올린 바위가 다시 아래로 굴러 떨어지는 것을 보며 거기서 다시 시작할 것입니다. 실패와 허무로부터 저는 늘 다시 시작할 것입니다. 실패를 똑바로 응시하며 허무를 이길 것입니다. 그것이 이 시대 교사가 걸어가야 할 당연한 고통의 길이라고 생각하기 때문입니다.

2000년 11월

국어과 연구실에서

도종환

차 례

들풀을 캐러 가던 날

며칠 전의 일이다. 저녁밥을 먹는데 딸아이가 식탁 옆에 붙어서서 안달을 떤다. 선생님이 들풀 다섯 가지 이상을 구해 오라는 숙제를 냈는데 아직 못했다는 것이다. 날이 어둑어둑해지는지라 저녁밥을 먹자마자 서둘러 밖으로 나갔다. 아파트 근처는 잔디 사이에 토끼풀이 듬성듬성 나 있거나 망초 몇 송이가 섞여 있는 게 고작이다. 조금 더 밖으로 나가니 길가에 민들레도 있고 웃자란 쑥도 있다.

벌써 많이 자라서 냉이인지 꽃다지인지 구분이 잘 안 되는 것도 캐고 다른 것도 뽑아서, 나갈 때와는 달리 즐겁게 웃으며 돌아왔다. 이름을 잘 모르는 것은 할머니께 여쭈어 보라고 했더니 질경이라고 들어 놓고는 이내 또 잊어버린다. 이파리에 흙이 많이 묻은 민들레는 물에 잘 씻어 말려 큰 표지에 붙였다. 동그랗게 모양을 이룬 하얀 민들레 꽃씨도 가져왔다. 바람에 날아갈까 봐 조심스러웠다. "한결아, 예쁘지?" 하고 물었더니 "네" 하고 아이는 짧게 대답한다. 우선 집에까지 흩어지지 않게 가져가는 일에 마음이 더 쏠려 있는 듯했다. 다행히 집에까지는 잘 가져왔는데, 나중에 보았더니 민들레의 동그란 씨앗을 스카치테이프로 넓적하게 눌러 표지에 붙여 버렸다. 제 딴에는 학교까지 가져갈 걱정을 한 끝에 내린 조치였겠지만 무언가 소중한 것이 망가져 버린 듯한 느낌을 떨칠 수 없었다.

아이 숙제가 어른 숙제가 되어 어른들을 귀찮게 한다고들 하지만 아이와 함께하면서 얻는 것, 생각하는 것, 깨닫는 것도 많다. 다음 날 아이의 책상을 보니 이파리에 관한 자료들이 널려 있었다. 잎의 모양이 타원형이냐 심장형이냐 주걱형이냐 하는 것부터 시작해서, 어긋나기 또는 마주나기 등 잎이 달린 형태며 톱니 모양, 물결 모양 등 잎의 가장자리 모양, 얕게 또는 깊게, 깃 모양 등 잎의 갈라진 모양을 알려 주는 자료들이었다. 풀잎이나 나뭇잎 몇 장을 가져다 놓고도 배워야 할 지식은 무척이나 많다.

아이 숙제를 돕는다고 나도 식물도감을 꺼내 놓고 뒤적거리다 꽃다지는 자라고 나면 모양이 냉이와 비슷하지만 노란색인 데 반해 냉이는 하얀색이며, 황새냉이는 같은 배추과에 속하면서도 잎

끝이 냉이와 달리 둥글다는 것도 알게 되었다.

아이와 함께 들길이나 산길을 걷게 될 때면 나는 지금까지 "저게 무슨 꽃인지 알아? 저게 붓꽃이야. 이쪽에 있는 이건 꿀풀이고……" 하면서 아이에게 꽃 이름, 풀 이름을 한 가지라도 더 알려 주려고 애를 썼다. 요즘 아이들은 도시의 아파트 숲에 갇혀 살기 때문에 자연과 접할 수 있는 기회가 적다. 그래서 기회만 닿으면 꽃과 나무와 풀 이름도 모르고 사는 아이들에게 얘기를 많이 해 주어야겠다고 늘 생각해 왔다.

그런데 일본의 아동심리학자 시나가와 다카코가 쓴 글을 읽고 나서는 내 행동에 문제가 있었구나 생각하게 되었다.

아이가 어머니에게 "예쁜 꽃이 피었어요"라고 말을 걸고 있는데, 정작 어머니 쪽은 "저게 무슨 꽃인지 아니? ○○꽃이라는 거야. 잊어버리면 안 돼" 하며 감동은 제쳐 놓고 우선 지식을 주입해야겠다는 자세를 보여 줄 때가 있다. 우리 아이에게 예쁜 꽃의 이름이 중요한지, 아니면 그 꽃을 통해 아름다운 세계관을 갖는 것이 중요한지는 한번 생각해 볼 문제다.

무엇을 가르치려고 하기 이전에 먼저 느끼게 하는 일이 더 중요한데 그걸 깜빡 잊고 있었던 것이다. 꽃 한 송이가 피어 있는 것을 보고 그걸 참으로 아름답게 느끼고, 그다음에 자연스럽게 그 꽃의 이름이 무엇인지 관심을 가져서 알게 된 거면 더 오래오래 잊지 않고 기억할 것이 아닌가.

그리고 아이에게 "어때 예쁘지?" 하고 묻기 이전에 어른이 먼저 "참 예쁘네. 어쩜 이렇게 아름다울 수 있을까?"라며 감탄하는 모습을 보여 주거나, 비에 젖어 떨고 있는 작은 강아지를 보고 "아니, 이게 어찌 된 일이야. 불쌍하기도 해라" 하며 안고 다독이는 모습을 보여 줄 때, 아이들은 어른들의 말과 행동에서 무엇을 아름답게 느끼고 어떤 것을 불쌍하게 여겨야 하는지 알게 된다는 것이다. 지식으로 가르치고 설명하려 하기 전에 어른들이 먼저 몸으로 보여 줄 때 아이들은 자연스럽게 깨닫는다는 것이다.

꽃이나 짐승뿐만 아니라 사람을 대할 때도 어른들이 먼저 분별력 있게 행동하고 고운 심성으로 대하는 걸 보면 아이들도 아름다운 것과 추한 것을 구분해서 생각할 줄 알게 되며, 무엇을 가엾게 여기고 무엇에 분노해야 하는지, 어떤 것이 선하고 어떤 것이 악한 것인지, 부끄러워해야 할 것과 감사하게 생각해야 할 것을 구분하게 된다고 한다. 그렇게 되면 당장은 지식을 가르치지 못한다 할지라도 인격을 바르게 갖도록 하는 일이니, 그것이 훨씬 값진 교육인 것이다.

아이들이 감정 표현을 제대로 할 줄 알게 되면 그땐 다 컸다고 한다. 철들었다고 할 때도 대개 이때다. 아들녀석을 보고 있으면 답답할 때가 있다. 답답한 정도가 아니라 은근히 괘씸하게 생각될 때도 있다. 제 아버지가 나갔다 들어오는데도 컴퓨터 앞에 앉아서 고개만 까딱하며 무어라 입속으로 중얼거리거나("다녀오셨습니까?" 하는 소리 같다), 보고 있던 텔레비전 앞에서 조금 몸을 움직이며 역시 무어라 우물우물할 때가 많다.

그러나 아들녀석의 태도가 왜 이리 무뚝뚝하고 무표정할까 생각하다 보면, 나나 내 아내가 아버지나 어머니가 오셨을 때 어른들을 대하는 태도가 혹시 그렇게 무덤덤하거나 친절하지 못했던 것은 아닌가 하는 생각이 들기도 한다. 아버지와 나는 워낙 꼭 필요한 경우를 제외하고는 별로 말이 없는 사이인지라(감정 표현을 잘 안 하는 것을 과묵하고 남자다운 것으로 여기던 세대의 관습 탓으로), 그런 분위기가 아이들에게 전이된 것은 아닌가 싶기도 하다. 또 밤늦게까지 글을 쓰느라 아침 일찍 일어나지 못하는 날이 많은 탓에 아이들이 학교 갈 때 문 앞에 서서 명랑하고 활기차게 배웅해 주지 못하는 날이 많거나, 학교에서 돌아왔을 때 반

갑게 맞아 줄 기회가 거의 없기 때문은 아닌가 하는 생각도 해 보았다.

그러다 최근에 나는 아이가 잠자리에 들기 전에 인사하러 오면 대개 책상에서 책을 보거나 글을 쓰느라 고개를 숙인 채 "그래, 잘 자라" 하고 인사하거나, 고개를 약간 돌려 옆으로 쳐다보면서 답례하는 나 자신을 발견했다. 아뿔싸! 생각해 보니 지금까지 아이는 뒷모습을 향해 인사를 하고 대화를 해 온 것이었다. 고개 한 번 제대로 돌리거나 몸을 돌려 답례해 주지도 않으면서 아이에게만 싹싹하지 않다고 탓하다니…….

생각해 보니 아들녀석이 제 또래 친구들과 어울릴 때와는 달리 집에 돌아오면 별로 말이 없는 것도 내 영향 때문이 아닌가 싶었다. 나 역시 밖에서 강연이라든가 강의 등으로 말을 많이 하는 편인지라 집에 들어오면 말을 별로 안 하는 습관이 있기 때문이다.

부모가 감정 표현을 잘 안 하니 아이들 또한 그러는 것은 종이 울리지 않으면 메아리가 없는 것과 같은 이치 아니겠는가. 이런 생각이 들면서부터는 아이들 대하는 태도를 많이 바꾸고 있다. 최소한 아이가 내 등을 보고 이야기하게 해서는 안 되겠다는 생각이다.

그러나 아이의 감정 표현이 유연하지 못하고 기계적인 모습으로 되는 데에는 나 말고도 내 힘으로 안 되는 또 하나의 원인이 있다. 그것은 컴퓨터와 텔레비전이다. 아파트라는 가옥 구조에 갇힌 아이들이 저희끼리 있는 시간에 유일하게 살아 움직이는 사람 모습을 대할 수 있는 것, 컴퓨터와 텔레비전은 아이들의 감정에 반응해 주는 유일한 물건이다.

휴일에 어떻게 하는지 보려고 내버려 두면, 아침부터 NBA 농구에 매달렸다가 케이블 텔레비전 스포츠 채널의 프로야구와 축구 경기에 넋을 잃고 점심때까지 매달려 있다. 컴퓨터 오락도 야구·농구로 두드려 보다가 저녁 먹고 나서는 뉴스 시간에만 제 방에 있지, 스포츠 뉴스 하는 시간이면 귀신같이 알고 나와 이쪽저쪽 채널 다 돌려서는 방송 대사까지 외워 가며 본다. 그래도 스포츠 채널을 못 놓고 밤이 깊도록 리모컨을 만지작거릴 때가 있다.

책상 서랍에는 미국 NBA 프로농구 선수들의 이름이 박힌 사진과 카드가 쌓여 있다. 나는 우리 아들녀석이 모으고 있는 사진이나 그림들을 볼 때면 알타미라 동굴이나 라스코 동굴의 벽화가 떠오른다. 원시인들이 낮에 사냥터에서 만난 들소나 표범, 이리 등을 잊을 수 없어 자신들의 열정과 선망하는 마음과 기원, 그 짐승들을 꼭 다시 잡고야 말겠다는 다짐을 함께 모아 벽에 새긴 것이나, 이 땅의 많은 아이들이 그라운드를 종횡무진 누비며 환희

와 기쁨과 열정을 안겨 주는 운동선수들을 보고 싶어 하는 마음, 선망의 대상으로 삼는 마음, 그런 멋진 사람을 사진으로나마 곁에 두고 싶어 하는 마음이 무어 다르랴. 가만 생각해 보니 시카고 불스 팀의 마이클 조던이나 스코티 피펜, 데니스 로드먼 등은 생긴 것도 들소나 표범, 이리 같다.

우리 아이한테도 문제가 있지만 하루 종일 스포츠 방송이 끊이지 않는 이 나라의 스포츠 열풍에도 문제가 있다. 스포츠가 문화의 중심을 차지하고 있는 이 나라의 현실이 이 시대의 아이들을, 아이들의 정서와 감정 교육의 수준을 어떤 상태로 끌고 가는지를 생각하면 걱정스러울 때가 많다.

"문학의 해는 무슨 놈의 문학의 해야. 매년 축구의 해지……." 이런 말이 절로 튀어나올 때가 있다. 일찍이 김구 선생은 「내가 원하는 나라」라는 글에서 이렇게 말씀하셨다.

나는 우리나라가 세계에서 가장 아름다운 나라가 되기를 원한다. 가장 부강한 나라가 되기를 원하는 것은 아니다. 내가 남의 침략에 가슴이 아팠으니 내 나라가 남을 침략하는 것을 원치 아니한다. 우리의 부력은 우리의 생활을 풍족히 할 만하고 우리의 강력은 남의 침략을 막을 만하면 족하다. 오직 한없이 가지고 싶은 것은 높은 문화의 힘이다. 문화의 힘은 우리 자신을 행복되게 하고 나아가서 남에게 행복을 주겠기 때문이다.

나는 우리나라가 남의 것을 모방하는 나라가 되지 말고 이러한 높고 새로운 문화의 근원이 되고 목표가 되고 모범이 되기를 원한다. 그래서 진정한 세계의 평화가 우리나라에서, 우리나라로 말미암아서 세계에 실현되기를 원한다.

우리나라는 몇 해 전까지만 해도 국민총생산 세계 11위, 교역량 12위, 외환 보유액이 14위까지 이르렀던 적이 있다. 그런데 세계 여러 나라들은 우리나라를 이런 경제 지표가 보여 주는 대로 열 몇 번째의 나라로 생각하고 있을까. 아마 우리 자신부터 아니라고 고개를 흔들 것이다. 그럼 핵무기 보유량이 가장 많은 나라가 가장 수준 높은 나라일까. 역시 아니라고 대답할 것이다. 그 나라 국민의 삶의 질, 국민성 그리고 높은 문화 수준을 기준으로 그 나라를 평가해야 한다는 것쯤은 다 알고 있을 것이다.

나부터도 그렇고 우리나라 사람들 대부분은 일본을 마음속으로 상당히 무시하고 낮게 보지만, 일본의 박물관은 우리보다 네 배나 많은 799개이고 도서관도 우리보다 6배나 많다. 그 내용과 운용 면에서는 어떨까. 독서량은 얼마나 차이가 날까. 그런 것을 생각하면 왜 김구 선생께서 높은 문화의 힘을 그토록 한없이 가지고 싶어 하셨는지 짐작이 된다. 수준 높은 문화의 힘으로 이룩되는 아름다운 나라. 김구 선생은 이런 나라는 "우리의 힘으로, 특히 교육의 힘으로 반드시 이루어질 것을 믿는다"고 하셨다.

그 글에서 구체적 내용은 말씀 안 하시고 바람만 피력하신 것으로 끝났지만 어려서부터 좋은 책 읽는 것이 습관이 되어 있고, 글쓰기나 악기 다루기를 좋아하며, 그림 그리고 음악 듣는 일이 교양의 기본이며, 좋은 영화나 연극을 보기 위해 줄을 서 있는 사회를 만드는 것이 이 시대에 꿈 같은 일일까. 문화 예술을 통해 아름다운 눈, 아름다운 마음을 길러 가지며, 주말이면 으레 아빠 엄마나 선생님의 손을 잡고 문인이나 예술인의 생가를 찾아 떠나거나, 지역에 산재한 특색 있는 작은 박물관이나 문화 유적을 찾는 일이 소모임 단위로 끝없이 이루어지는 사회를 만드는 것이 사치스러운 일일까.

아이들의 심성이 거칠어지고 폭력적이며 경쟁심과 승부욕에 찌들 대로 찌들어 가는 것을 눈으로 보고 있으면서도 우리 사회는 아이들에게 끝없이 스포츠와 폭력만을 쏟아붓고 있다. 음악도 매주 순위를 매겨 가며 듣고, 야구·축구의 승률이 어떻게 되어 가며, 이번에 서태지의 레코드가 과연 몇백만 장이 팔릴 것인가,

월드컵으로 벌어들일 돈이 얼마나 될까가 청소년들의 주요 화젯 거리가 되게 만드는 사회를 우리는 언제까지 끌고 갈 것인가.

2002년까지 전 국토를 축구장화하고 모든 청소년을 운동선수화하는 일로 들뜨게 만들 것이 눈에 훤히 보이는데, 그러면 우리는 문화 선진국으로 가는 것일까. 아니, 문화 선진국을 떠나 청소년들이 정말 수준 높은 정서와 감정을 지닌 인격체로 성장하게 될 것인가.

김구 선생은 빼앗겼던 국토와 역사와 문화와 정신과 우리 얼을 되찾은 시기에 우리가 이룩해야 할 나라의 상(像)을 그려 보며 앞의 글을 쓰셨다. 그 글은 이렇게 끝을 맺는다.

나도 일찍 황해도에서 교육에 종사하였거니와(1909년 안악 양산학교 교사를 하신 바 있다.) 내가 교육에서 바라던 것이 이것(우리나라가 문화의 힘으로 세계에서 가장 아름다운 나라가 되는 것)이었다. 내 나이 이제 칠십이 넘었으니 몸소 국민 교육에 종사할 시일이 넉넉지 못하거니와 나는 천하의 교육자와 남녀 학도들이 한번 크게 마음을 고쳐먹기를 빌지 아니할 수 없다.

지금 이 순간에 읽어도 새기고 새겨들을 구절이 매우 많다.

아이들 가슴속의 보석

몇 해 전 ㄷ그룹 신입사원 모집 광고는 많은 사람들을 놀라게 했다.

3일 동안 밤을 새울 수 있는 사람. 3일 동안 놀 수 있는 사람. 노래방에서 서른 곡은 부를 수 있는 사람. 아버지 시계를 분해해 본 경험이 있는 사람. 3개 국어는 못해도 3개국 이상을 배낭여행 한 사람. 못생긴 파트너를 만나도 세 시간은 봉사하는 사람. 비 오는 수요일에 빨간 장미를 사 본 사람. 차비를 몽땅 친구에게 주고 자기는 걸어가는 사람. 학교에 가다 말고 무작정 여행을 떠나 본 사람.

아니, '온순 착실하고 근면 성실하며 학업 성적이 우수한 사람'을 뽑지 않고 이런 엉뚱한 사람들을 국내 굴지의 대기업에서 찾고 있다니 설마 장난으로 한번 해 본 소리겠지, 이렇게 의아하게 생각하는 사람도 많을 것이다. 학교에서는 품행이 방정하고 용모 단정하며 출신 학교와 학업 성적이 우수해야 출세할 수 있다고 가르치는데 3일 동안 놀 수 있는 사람을 뽑겠다니, 노래방에서 서른 곡 이상은 부를 수 있는 사람을 뽑겠다니, 이 사람들 어떻게 된 거 아냐, 이렇게 혀를 차는 사람도 많을 것이다.

자본의 논리로 굴러가는 자본주의 사회의 기업, 자본의 이윤 추구 논리에 철저한 대기업이 어째서 이렇게 변했을까. 세계 시장에서 다른 나라 상품과 경쟁해 보고 나서, 다른 나라 젊은이들과 경쟁시켜 보고 나서, 머리 싸움 창의성 싸움 해 보고 나서, 이래선 살아남을 수 없다는 사실을 눈으로 몸으로 확인했기 때문일 것이다.

분명 이 나라 경제를 이 정도 수준으로 끌어올린 힘이 교육에서 나왔고 아직도 세계에서 가장 많이 공부를 시키는데, 우리나라 학생들보다 더 많이 공부한 것도 아닌 다른 나라 젊은이들과의 두뇌 싸움에서 우리가 뒤지는 이유는 어디에 있을까. 대기업은 고민했을 것이다. 학습의 양이 문제가 아니라 질이 더 중요한데, 우리는 아이들을 무조건 붙잡아 앉혀 놓고 어떻게든 머릿속에 많은 지식을 집어넣으려고만 하고 있다. 받아들여 암기하게만 하고 있는 것이다.

그러나 이제 많은 지식을 암기하고 저장하는 일은 인간 대신 컴퓨터에 맡기는 것이 훨씬 더 유용한 시대가 되었다. 문제는 암기 능력이 아니라 그것을 활용하는 능력이다. 그것도 창의적으로 활용하고 재창조하는 능력 말이다. 획일적이고 기계적이며 평균적인 일은 기계가 더 잘 처리할 수 있다.

지난 시대에는 기업에서 획일적·기계적·평균적인 인간을 대량 생산해 줄 것을 요구해 왔다. 만들어 내는 상품의 내용과 수준보다는 싼값에 대량으로 해외 시장에 넘겨 이윤을 남기던 구조에서 필요한 인적 자원은, 말없이 시키는 대로 일하며 주는 대로 받고 행복해하며 지금 처해 있는 상황에 크게 고민하지 않는 인간이었다. 기업에서 필요로 하는 그런 인간의 교육적 덕목이 학교에서는 온순·착실·근면·성실로 표현되었다.

그러나 이제 그렇게 해서는 국제사회에서 살아남을 수 없게 되었다. 고민하지 않고는, 아이디어와 창의성 싸움에서 이기지 않고는, 만들어 낸 물건을 내다 팔 수 없고 따라서 이윤을 제대로 남길 수 없는 상태에 와 있는 것이다. 그런데 학교 교육은 획일적이고 전근대적인 상태에서 벗어나지 못하고 있으며 쉽게 체질을 고치려 하지 않는다는 사실을 기업이 너무나 잘 알고 있기 때문에 사원 모집 기준부터 바꾸는 것은 아닐까.

교육이 자체 내부에서 달라지기 위해 노력하고, 그런 노력의 결과가 쌓여 평가 방법과 입시 제도가 달라지고, 나아가 사회를 바꾸어 나가는 순서로 가는 것이 아니라, 기다리다 못한 기업이 정부에 입시 제도와 수급 정책, 교육 내용 등의 변화를 요구하고 나선 것이다. 그런 상황에서 정부가 기업의 요구에 끌려가고 정작 교육 현장은 요지부동 상태에 머물러 있어 끝없는 시행착오와 혼선을 되풀이하고 있는 게 요즈음 교육의 현실이다.

ㄷ그룹의 신입사원 모집 광고는 단순히 한번 웃고 지나가자는 의미로 파악해서는 안 된다. 그 이면에는 요즘 사회가 어떤 인간을 필요로 하는지가 들어 있다. 한국창의성개발연구소 문정화 소장은 문제의 광고에 대해 "과제 집착력, 모험심, 다양한 경험, 인간미, 기발한 생각, 심지어 엉뚱한 아이디어에 이르기까지 다각도에서 적극적인 사람을 찾고 있다"고 분석한다.

다른 측면에서 본다면 어떤 일에 대한 끈기, 적극성, 자신감, 호기심(어린아이의 호기심은 창의성의 싹이다), 진취성, 대인 관계 능력, 제대로 된 정서 교육 또는 최소한의 낭만성, 남을 위해 자기를 희생할 줄 아는 마음, 획일적인 틀을 거부할 수 있는 용기, 이런 것들을 갖춘 사람을 찾고 있다는 이야기다.

사실 단순히 학업 성적이 우수한 사람, 주어진 대로 시키는 일만 하는 사람보다는 이런 사람들이 회사에 기여하는 정도가 더 클 것이다. 일본에서도 여러 해 전부터 기업의 구인 내용이 달라지기 시작했는데, 그 특징 중 하나가 학업 제일주의에서 개성 존중으로 변해 간다는 점이라고 한다. 어느 대기업의 경우 구인의 첫째 조건이 개성이 강한 사람, 그다음이 활기, 세 번째가 책임감, 네 번째가 건강, 다섯 번째가 전공이며, 학업 성적은 보지 않는다는 방침을 세웠다고 한다.

ㅈ사의 입사 시험에서는 다음과 같은 문제가 출제되었다.

① 만약 노래를 불러서는 절대 안 된다는 법이 생긴다면 어떤 일이 일어날까요? 여러 가지 가능한 일들을 생각해 보세요. ② 코끼리가 지나간 발자국입니다. 아래에 그려진 각각의 코끼리 발자국을 이용해서 여러 가지 그림을 그려 보세요. 그리고 그 아래 보기에는 한쪽이 트인 타원형의 코끼리 발자국이 네 개씩 세 무더기, 즉 열두 개가 그려져 있다. 상상력·창의력·순발력을 요구하는 문제들이다.

기존 사원을 재교육하는 현장에서도 마찬가지 교육이 이루어지고 있다. ㅇ그룹에서는 사원 교육 첫 시간에 백지에 동그라미 하나가 그려진 자료를 내놓고 그 동그라미 안에다 자신의 특징을 가장 쉽게 설명할 수 있는 그림을 그리게 한다고 한다. 그런 다음 남들에게 내가 어떤 사람인지를 확실하게 인식시킬 수 있도록 아주 짧은 시간 내에 설명해 보라고 한다는 것이다. 날마다 수없이 많은 사람들을 만나고 수없이 많은 사람들과 경쟁하며 사는 세상에서 자신이 누구인지를 남에게 제대로 알리고, 자신의 회사와 제품을 다른 사람들의 머릿속에 잊혀지지 않게 새겨 놓는 것은 쉬운 일이 아니다. 모두가 자기 일로 바쁘게 돌아가는 사회에서 말이다.

소극적이고 자기표현을 별로 안 하며 주어진 공부만 열심히 하는 글방 도령형 인물보다 적극적이고 진취적이며 실천력이 있는 사람, 사회성이 좋아 남과 이웃을 이해하고 남들과도 잘 어울릴 줄 알며 개성 넘치는 활동형 인물을 더 필요로 하는 사회가 되어가고 있는 것이다.

달리 표현하면 IQ가 높은 사람보다 EQ가 높은 사람을 더 필요로 하는 사회로 바뀌어 간다는 얘기다. 요즈음은 상업 광고에서도 EQ라는 말을 많이 써서 귀에 익숙해졌는데, 인지적 지능을 뜻하는 IQ_{Intelligence Quotient}와 대비시켜 기억하기 쉽게 쓰고 있는 정서적 지능이라는 뜻의 EQ는 원래 EI_{Emotion Intelligence}라고 써야 맞는 말이라고 한다.

충북대 심리학과 정진경 교수는 EQ에 대해 이렇게 설명한다.

정서적 지능이란 정서적으로 얼마나 똑똑한가를 말하는데, 자신의 감정을 이해하고, 남들과 공감할 줄 알며, 행복한 삶을 이루는 방향으로 감정을 조절할 수 있는 능력을 일컫는다. (…) 정서적 지능이 높은 사람들은 낙천적이며 어려움이 닥쳐도 기가 죽지 않고, 모험심과 자신감을 가지고 있다. 또한 대인 관계에서는 남들의 감정에 민감하고 그들과 잘 공감하며 친절하게 대하는 것이 특징이다. 이들은 인기가 좋고 남들의 협조를 잘 얻어 낸다. 인지적 지능과 정서적 지능은 직접적인 상관은 없으나, 인지적 지능이 비슷하다면 장기적으로는 정서적 지능이 높은 사람이 더 높은 성취를 이루게 된다.

사람들은 가끔 "저 친구는 학교 다닐 때 나보다 공부도 못했는데 어째 저렇게 잘살까, 어떻게 해서 저렇게 성공했을까, 참 알다가도 모를 일이야"라고 말하곤 한다. 살면서 수없이 품어 왔던 그런 의문에 대한 대답을 이제 IQ와 EQ에 관한 설명에서 찾을 수 있다. 그 친구는 IQ는 높지 않았지만 EQ가 높았던 것이 아닐까. 사회적 성공은 인지적 지능만으로 순위를 매기던 학교 성적과는 당연히 다를 수밖에 없다는 사실을 우리는 이제야 깨닫는 것이다.

내 친구 중에도 그런 사람이 있다. 학업 성적은 늘 바닥을 맴돌았지만 학창 시절부터 교회에 다니며 남학생 여학생 할 것 없이 누구와도 잘 어울려 지냈다. 시내 한복판에서 구멍가게를 하며 살았기 때문에 대인 관계의 폭도 넓고, 예의 바르고 낙천적이며 유머 감각이 뛰어나 친구들 사이에서 인기도 좋았다. 지금은 건설 회사 상무로 스카우트된 그 친구는 사회생활에서도 여전히 인정받고, 또 인정받는 만큼 제 몫을 충분히 다하며 직장에 기여하고 있다.

학생들을 학업 성적에만 얽매어 놓거나 시험 점수만으로 등수를 매기는 일을 지양해야 하는 중요한 이유를 우리는 이런 데서 발견하게 된다. 정서적 지능이 높은 학생이 더 높은 사회적 성취를 이룬다면 점수 위주, 암기 위주의 획일적인 교육보다 당연히 개성 교육에 더 많은 신경을 써야 하는 것이다.

아이들은 저마다 가슴속에 다이아몬드 하나씩을 지니고 있다 한다. 선생과 부모가 해야 할 일 중 하나가 바로 아이들이 가지고 있는 저마다의 고유한 능력, 빛나는 개성을 찾아 주는 일이다.

"너는 왜 그렇게 달리기를 못하니?"라고 말하기보다 "달리기는 남들보다 뒤떨어지지만 만들기를 잘하는구나"라고 말해야 한다. "누나는 저렇게 책읽기를 좋아하는데 너는 왜 통 책을 읽으려 하질 않니?" 하며 안달하지 말고, 누나보다 동생이 손재주가 뛰어나고 또 다른 측면의 집중력이 강한 것을 발견해 내야 한다.

우리의 학교 교육은 비슷비슷한 인간을 길러 내는 구조로 짜여 있다. 혹시라도 튀는 아이들이 있을까 봐 전전긍긍하는 모습으로 운영된다. 네모난 교실에 똑같은 책걸상을 배치하고 똑같은 옷을 입은 아이들이 짜여진 틀에 맞춰 똑같이 움직이는 모습을 보고 나서야 교사들은 안심한다. 그러나 그런 교실을 보고 아이들이 1학년 교실은 입원실, 2학년 교실은 중환자실, 3학년 교실은 영안실이라 부르는 현실을 우리는 그냥 웃어넘겨야 할까.

우리 사회에는 뛰어난 물리학자도 있어야 하지만, 나사못을 잘 만드는 전문가도 있어야 한다. 그래야 우주선이 뜰 수 있는 것이다. 컴퓨터 그래픽을 잘하는 사람도 있어야 하고, 자동차 만드는 기술자도 있어야 하며, 교통 문제 전문가도 키워야 한다. 꽃과 나무를 좋아하고 잘 가꾸는 사람도 있어야 하고, 토목을 제대로 배워 도로 하나를 닦는 일도 정말 책임 있게 해내는 사람 또한 있어야 한다. 미국의 심리학자 존 가드너는 이런 것이 '사회 전체의

격조를 높이는 일'이라고 했다.

성장하면서 아이들이 가지고 있는 여러 가지 가능성의 싹을 다 죽여 가며 획일적으로 통제하는 일에 온 정력을 쏟는 교육이 아니라, 그 싹이 여기저기서 샘솟도록 유도하고 새로운 경험의 자리를 만들어 주는 교육이 진짜 교육이 아닌가 생각한다. 우리 역사와 문화의 흔적을 찾아가는 답사, 문인의 생가와 문학비를 찾아가는 문학 기행, 환경 오염의 현장과 환경 보존이 잘된 지역을 찾아가 보는 환경 답사, 다른 나라의 문화를 접할 수 있는 전시장이나 미술 전시회, 그리고 가족과 함께 가는 음악회 같은 경험의 자리를 비롯해 법원에 가서 재판하는 모습을 직접 방청해 보거나 의회가 열리는 시도 의회를 찾아가서 직접 보고 듣는 체험학습이, 수업 그 자체의 현장성도 중요하지만 다양한 경험을 하는 동안 아이들 내부에 잠재해 있던 어떤 가능성과 새롭게 결합하는 계기를 만들어 준다고 한다.

그동안 앞서 가는 교사들이 교실에서 시도해 온 토의 수업이나 극화 수업, 슬라이드 수업 등도 마찬가지다. 이런 방식들은 교사들에게는 획일적인 강의식 수업에서 벗어나 새로운 방법으로 가르치고자 하는 신선함을 안겨 주는 동시에, 아이들에게도 새로운 경험과 자극을 주고 강의식 수업에서는 묻혀 있던 잠재된 능력을 발휘할 수 있는 계기를 만들어 주는 것이다.

아무것도 아닌 것 같지만 학창 시절의 작고 새로운 경험들이 나중에 아이들의 진로에 큰 영향을 끼치는 것은 우리의 성장 경험에서도 확인된다. 교과서에 실린 희곡을 모둠별로 나누어 어색함을 무릅쓰고 연기해 박수를 받은 것이 연기자의 길로 가게 하는 경우도 있다. 또 소풍이나 체육대회 때 사회를 보기 시작한 것이 방송계로 나가게 하는 경우도 허다하다.

아이들을 교실에만 가두어 놓고 교사는 끊임없이 "알았냐?" 소리를 반복하고 아이들은 가만히 앉아 "예" 소리만 대답하게 하는 수업 말고, 아이들에게 다양한 자극을 주고 아이들이 자신의 능력을 발휘할 수 있는 새로운 자리를 교사들이 계속해서 만들어 주어야 한다. 학교에서 작성하는 점수 위주의 통지표 하나에 아이들의 모든 것을 가두어 놓지 말고 학급 담임은 학급 담임대로, 교과 담임은 교과 담임대로, 부모는 부모대로 아이 하나하나에 대한 또 한 장의 통지표를 만들어야 한다고 본다.

우리는 우리가 가르치는 아이들이 나중에 행복하게 살기를 바란다. 그런데 그 아이들은 어떤 게 행복한 삶이라고 생각할까. 하기 싫은 일을 억지로 하며 일생을 보내는 일은 아닐 것이다. 자기가 좋아하고 자기 개성에 맞는 일, 능력을 발휘할 수 있어 온 정열을 다 바치며 보람을 느낄 수 있는 일, 그런 일을 하며 사는 게 행복한 삶이라고 생각하지 않을까. 거기서 성취감을 느끼고 인정받으며 살 때, 젊음을 다 바쳐도 아깝지 않다고 생각하지 않을까.

동물 길들이기와 식물 키우기

20대 중반 초임 교사 시절, 나는 항상 가르침대를 들고 다녔다. 좋게 얘기하면 교편이고 나쁘게 말하면 몽둥이다. 학생부에 속해 있었기 때문에 그 가르침대를 들고 교실을 순시했다. 실내화를 신고 운동장엘 나간다든가 골마루에서 심하게 뛰거나 장난치는 학생들을 발견하면 벌을 주었다. 가르침대로 손바닥을 때릴 때도 있었고 꿀밤을 주는 것보다 더 아프게 머리를 향해 주먹을 날릴 때도 있었다.

시험 점수가 떨어지면 몇 점에 한 대, 석차가 떨어지면 몇 등에 몇 대 하는 식으로 손바닥이나 종아리를 때렸다. 부정행위를 하다가 걸리면 그건 그야말로 죽도록 맞고 기어 나올 각오를 해야 했다. 그땐 가르침대가 아니라 대걸레 자루로 때렸다. 내가 고등학교 다니던 시절 학생주임 선생님이 그러셨듯이 시험 시간이면

의자나 책상 위에 올라가 떡 버티고 서서 살벌하게 시험 감독을 했다.

학생들이 잘못된 길로 빠지지 않게 반드시 바로잡아야 한다고 생각했다. 잘못된 길로 가는 것을 용서하려 하지 않았고, 때리고 벌을 주어서라도 사람을 만들어야 한다는 생각이 강했다. 학급에서 말썽이 자주 일어나고 학급 운영이 엉망일 때는, 내가 아이들을 잘못 가르쳐서 이런 일이 일어난다고 생각하여 반장에게 회초리를 들게 하고 내 종아리를 때리라고 시킨 적도 있다. 매가 지닌 교육의 효과가 있다고 믿었고, 그것이 아이들에 대한 선생의 열정과 직결되는 것이라고 생각했다.

그러나 교육이라는 것에 대해 여러 측면에서 다시 생각하고, 때려서라도 사람을 만들어야 한다는 교육관 말고 새로운 교육 방법은 없을까 고민하면서 매를 놓게 되었다. 짐승을 훈련시키는 것과 사람을 사람으로 키우는 것은 방법론에서도 무언가 달라야 한다는 고민 끝에 내린 결론이기도 했다.

실제로 매를 들지 않고 학생들을 가르치는 일은 매로 다스리는 것보다 두 배, 세 배, 아니 열 배 어려웠다. 다른 과목 선생님들은 성적이 떨어지면 매를 대는데 국어 선생님은 안 때린다는 이야기가 퍼지면서 아이들은 우선 매 맞지 않기 위해 매를 대는 과목부터 공부했다. 같은 학년을 다른 국어 교사와 나누어 가르칠 때는 다른 반들과 금방 비교가 되었다. 평균 점수가 떨어졌다. 내가 가르치는 국어 과목뿐만 아니라 학급 전체 평균 점수도 마찬가지였다. 하위권으로 곤두박질쳤다.

학급 회의에서 "선생님이 매를 안 대니까 아이들이 공부도 안 하고 학급 분위기도 엉망이에요. 선생님, 때려 주세요" 하는 건의도 들어왔다. 학부모를 통해서 은근히 매를 들어 주기 바란다는 이야기도 들려왔다.

"애들아, 내가 너희에게 매를 대지 않는 것은 사람을 가르치는 것과 짐승을 기르는 것은 다르기 때문이야. 짐승은 말을 못 알아들으니까 매를 때려서 길들이고 훈련시키고 하는 거야. 그러나 너희는 사람이잖니. 사람이니까 말로 해도 알아듣고 말이 통하지 않니.

나는 너희를 사람으로 대하고 싶어. 사람으로 자라게 하고 싶지 짐승처럼 길들이고 싶지는 않아. 매를 맞아야 비로소 알아듣고 움직인다면 너희는 너희 자신을 짐승으로 대해 달라는 것밖에 안 돼. 그리고 매를 맞아야 움직이기 시작하면 매에 길들여져서 매를 맞지 않으면 아무것도 하지 않으려 하고, 하지 않아도 되는 것으로 생각하는 노예 같은 사람이 된단 말야. 그래서 너희에게 매를 대지 않겠다는 거야. 알아듣겠니?"

그렇게 이야기해 주면 비록 개구쟁이들이지만 귀를 기울이고 진지하게 듣는다. 그런 말의 뜻을 알아듣는 녀석들도 있다. 그러나 마음속으로는 받아들여도 말의 약효가 그리 오래가지는 않는다는 데 문제가 있다. 또 그 나이 때가 장난치기 좋아하고 한창 말썽 부리며 크는 시기인지라 여기저기서 사고가 터지고 유리창도 깨지고 팔이 부러져 교무실로 달려온다.

이렇게 많은 아이들이 좁은 교실에 바글바글 모여서 꼼짝 못하고 하루 종일 앉아 있어야 한다는 건 얼마나 괴로운 일인가. 꽉 짜여진 틀 속에서 어려운 학습 내용을 긴장한 채 들어야 하는 하루하루의 생활을 견디기 힘들어하는 아이들이 많은 건 당연한 일이다. 어른들한테 이렇게 시키면 아마 금방 교육 방법 바꾸자고 할 것이다. 그래도 이 나라 학생들은 잘 참는 편이라는 생각이 들 때도 있다. 이렇게 빈틈없는 시간표 속에서 그나마 숨 쉴 수 있는 선생님을 만나거나 여유를 부려도 좋은 수업 시간이 오면 긴장이 풀어지는 건 당연한 일일 것이다.

학급 운영이 산만해지고 교과목을 소홀히 대하는 모습을 바라보면서 매를 들지 않은 교사들은 다시 갈등하게 된다. 담임 교사가 없는 시간에 들어와 아이들의 군기(?)를 대신 잡아 주겠다며 호통을 치는 학생주임이나 교감선생님 또는 이웃 반 담임선생님 때문에 자존심이 상할 때도 있다. 다른 선생님들도 다 매를 대지 않고 아이들을 자유롭게 대하는 학교로 바꿀 수는 없을까 고민도 하고, 학년주임 선생님 말씀대로 학기 초에 꽉 잡아 놓을걸 그랬나 고민도 하게 된다. 1년에 한두 번 몇몇 아이를 대상으로 본때를 보여 주고 나머지 기간에는 편하게 지내 볼까 하는 유혹에도 빠지게 된다.

이 고민을 생산적으로 해결해 나가기 위해 학습의 흥미를 끌 수 있는 수업 방법을 연구 개발한다든가, 주의를 집중시킬 수 있는 방법을 만들어 낸다든가, 딱딱한 강의 형태와 문제 풀이만이 아닌 즐거운 수업 방식을 개발하기 위해 노력하는 것이 사실은 교육자다운 자세다. 토의 수업이나 극화 수업, 파워포인트를 이용한 수업, 슬라이드 수업, 조사 발표를 통한 수업 등등도 수업의 질도 높이고 아이들을 인격체로 존중하고자 하는 고민의 결과물들이다. 매와 집단 통제가 전부가 아닌 새로운 접근 방식인 것이다.

체벌 반대론자였던 로마의 교육학자 쿠인틸리아누스는 사람을 때려서 기르면 안 되는 이유에 대해 이렇게 말한 바 있다.

첫째, 체벌은 원래 노예를 대상으로, 주인의 눈을 피해 게으름 피우는 노예를 부리기 위해서 채택한 방법이기에 자유인의 자녀들을 위한 자유 교육의 방법으로는 맞지 않다.

둘째, 그것은 교육 방법 중에서도 가장 졸렬한 방법이다. 교사의 기술이 모자라거나 인격의 감화가 미치지 못할 때 쓰는 방법이기 때문이다.

셋째, 매의 습성화다. 매는 처음에는 효과가 있지만 자주 맞으면 그 효과가 감소한다. 그러므로 그것은 좋은 교육 방법일 수 없다.

넷째, 매는 공포와 압박을 주기 때문에 해롭다. 겁에 질려 하기 싫은 공부를 하는 피동적인 아이, 남 앞에서 모욕당하기 싫어 일을 얼버무리는 아이를 만들기 쉽다.

다섯째, 매는 당사자 아닌 다른 아이들에게까지 공포심을 조성해 나쁜 영향을 주기 때문이다.

쿠인틸리아누스의 이런 체벌 반대론을 대하며 특히 교육자들은 모자라는 기술과 미치지 못하는 인격의 감화를 매 하나로 해결하려는 쉬운 방법에 매달리고 있는 것은 아닌가 반성해 볼 필요가 있다. 문제나 풀게 하고 안 되면 매로 다스리는 것은 사실가장 하기 쉽고 편한 교육 방법이다. 새로운 교육 방법을 개발하려는 노력도 할 필요가 없고 노력하기도 이미 귀찮아진 상태에서아이들을 꼼짝 못하게 억눌러 가며 끌고 갈 수 있는 가장 손쉬운 방법이다.

그런 점에서 본다면 우리나라 교육 구조가 입시 위주의 교육에서 벗어나지 않는 한 창의적인 노력을 귀찮아하는 교사들에게는 입시 교육이 제일 안전한 피난처가 된다. 가장 편하면서도 입시 전문가로 인정받을 수 있는 안전한 길이 현재와 같은 교육 구조인 것이다. 어쩌면 그래서 입시 위주의 이런 구조가 요지부동으로 유지되고 있는지도 모른다.

현실이 그런데 어떻게 하냐면서 잘못된 구조에 기댄 채 현상에만 안주하려는 사람은 교육자로 적합한 인물이 아니다. 왜냐하면 교육이란 근본적으로 지금의 현실보다 나은 현실을 만들어 나가기 위한 노력이기 때문이다. 매를 통해 해결하려는 방법, 매에 의존하지 않으면 다른 방법이 없는 그런 교육은 가장 졸렬한 방법이라는 말을 새겨들을 필요가 있다.

그러나 체벌을 하지 않고 교육할 수 있어야 한다는 생각으로 매를 들지 않는 선생 노릇을 하는 동안 참으로 힘들었다. 인격으로 감화시킬 수 있는 능력이 모자란 탓인지, 수업 기술 개발이 부족한 탓인지, 아이들이 이미 매에 길들여져 있기 때문인지, 몇 배나 힘이 들었다. 그래도 그 약속은 지켰다.

새로 얻어 온 국화 화분이 깨지면 속이 몹시 상했지만 국화보다는 아이들이 더 소중하다고 생각했다. 유리창이 깨지면 다시 사다 끼우면 되지만 아이들 가슴속에 심한 상처를 남기면 돈으로 해결할 수 없다고 생각했다. 아이들을 키우는 것이 농사짓는 일처럼 옆에서 풀을 뽑아 주고 거름을 주고 물을 대 주면 저희가 햇빛과 바람을 받으며 쑥쑥 자라는 것과 같으리라 생각했다. 꽃 한 송이를 가꾸는 심정으로, 나무 한 그루를 기르는 심정으로 그렇게 아이들을 교육하자고 생각했다.

일찍이 김시천 시인이 "당신이 비를 내리는 일처럼 / 꽃밭에 물을 주는 마음을 일러 주시고 / 아이들의 이름을 꽃처럼 가꾸는 기쁨을 / 남몰래 키워 가는 비밀 하나를 / 끝내 지키도록 해 주소서" 이렇게 노래했듯이.

내 자식을 키울 때도 매를 대어 키우지 않겠다는 이 약속을 지키기 위해 애썼다. 그리고 그 약속을 아직까지는 지키고 있다. 그런데 매에 의존하던 초임 교사 시절의 교육 방법과 그 이후 매를 대지 않고 아이들을 가르쳐 온 나 개인의 교육 방법이 이미 일정한 이론으로 다 정리되어 있다는 사실을 안 것은 나중이었다.

김정환 교수는 『인간화 교육 어떻게 할 것인가』라는 책에서 그것을 각각 동물 훈련 모델과 식물 성장 모델로 나누어 정리해 놓았다. 즉 두 모델은 교육의 본질을 '사람을 만든다' '사람을 키워

준다'고 보는 서로 다른 관점에서 출발한다.

'사람은 만드는 것이다'라는 관점은 목수가 책상을 만들고 노동자가 자동차를 짜 맞추는 상품 제작 과정처럼 좋은 상품을 만들기 위해 끊임없이 손질하고 노력한다. 서커스단에서 새끼 곰을 데려다가 먹이와 매로 다스리면서 길들이는 과정처럼 훈련을 통해 원하는 형태에 가깝게 만들어 낸다. 이렇게 만들어 내고 길들여야 상품 가치가 있기 때문이다. 그리고 이런 노력이 어느 정도의 성과를 거두어 내는 것은 우리가 이미 보아서 아는 바와 같다.

이들은 교육은 밖으로부터 형성formation from without되는 것이라고 본다. 목공 모델, 동물 훈련 모델이라고 일컫는 이런 교육에서 기대하는 교사상은 동물 조련사 또는 유능한 기술자다. 좋은 말로 표현할 때는 전문적 교사상이라고 한다. 국가 체제 유지나 경제 성장 단계에 필요한 형태의 인적 자원을 생산 공급해 달라고 요구받았을 때 그런 인간을 만들어 공급하는 것을 교육의 중요한 역할로 생각한다.

'사람은 키우는 것이다'라는 관점은 꽃이나 나무에 적당히 물과 거름을 주며 기르듯이 간섭하지 말고 따뜻한 사랑을 보내며 바라보라고 한다. 그러면 하느님이 주신 능력은 하느님이 내리시는 햇빛을 받으며 아름답게 자란다는 것이다. 이들은 교육을 안에서 성장formation from within하는 것이라고 본다. 따라서 교사는 정원사 같은 자상한 사랑과 관심을 지녀야 한다. 루소와 페스탈로치가 강조하는 교육관이다.

얼핏 보면 동물 훈련론은 적극 교육처럼, 식물 성장론은 소극 교육처럼 느껴진다. 식물 성장론은 "아이들을 과잉 간섭하지 마. 저희가 다 알아서 잘 크게 되어 있어"라고 말하며 자신도 모르게 교육에 무심해지는 경우도 있다.

그래서 새롭게 강조되는 것이 '각성적 교육관'이다. 인간 내부에 있는 소질과 능력이 햇빛을 받아 저절로 자라기만을 기다리는 것이 아니라 발견해 내도록 일깨워awake 주어야 한다는 것이다. 동물처럼 길들여서 억지로 만들어 내려는 것이 아니라 자기 자신 내부에 있는 것을 찾아내도록 자극을 주는 것이다. 이런 교육은 정신을 차려서 본래의 자기 모습을 바로 보게 하고 인격적 만남을 갖게 한다. 교육은 인간의 자기 회복이라고 보는 이런 교육에서 요구하는 교사상은 소크라테스와 같은 교사다.

즉 자기 자신을 알도록 자꾸 자극을 주는 교사가 필요하다고 본다. 교사란 무릇 잠들어 있는 늙은 군마를 쿡쿡 쏘아서 잠에서 깨어나게 하는 쇠파리처럼 무지에서 깨어나게 자극을 주어야 한다고 본다. 그리고 이런 교육은 진리에 대해, 자신에 대해 제대로 된 의식이 없는 상태에서 벗어나 제대로 된 의식을 갖게 하는 교육, 이른바 의식화 교육이라 할 수 있다는 것이다. 의식화 교육이라는 말을 쓰면 지레 겁을 먹고 한발 물러서거나 의심스러운 눈으로 바라볼 수 있지만 교육의 과정이란 원래 의식화 과정이다. 의식하지 못하는 것을 의식하게 하고, 제대로 된 의식을 갖지 못한 사람에게 제대로 된 의식을 갖도록 일깨워 주는 과정 그 자체가 교육인 것이다.

나는 자식에게 매를 들지 않고 간섭하거나 성적을 이유로 들볶지 않겠다는 생각을 갖고 있다. 그러나 그것이 한편으로는 무관심한 모습, 방임하는 모습으로 비치지는 않았을까 돌이켜보기도 한다. 스스로 알게 될 때까지 기다려 보자, 이렇게 생각하며 어려운 문제를 비켜 오기도 했다. 그러나 이제는 좀 더 적극적으로 함께할 필요가 있다고 생각한다.

언젠가 우리 집 애들이 학교에서 실시하는 폭력 추방 캠페인에 참여하여 피켓을 들고 구호를 외치며 시내를 돌고 온 적이 있다. 딸애는 엄마와 자주 그런 일을 해 봐서 재미있어했고 아들녀석은 힘들어했다. 그래서 폭력이라는 문제를 놓고 식탁에 앉아 자연스럽게 이야기를 나누었다. 왜 우리가 폭력을 추방해야 하고 미워해야 하는지, 힘센 아이들이 약한 아이들을 못살게 굴고 위협하여 돈을 빼앗고 하는 일이 얼마나 나쁜 일인지 아이들의 이야기를 들었다. 그리고 폭력배와 맞서 여럿이 힘을 합쳐 싸우는 사람과 도망치는 사람, 무관심한 사람 가운데 누가 정의로운 사람일까 물어보았다. 작은 폭력과 큰 폭력, 구조적 폭력에 대해, 또 아빠같이 힘없는 사람들이 모여서 왜 그런 구조적 폭력과 맞서 싸우는지까지 이야기가 발전했다.

폭력으로 정권을 잡고 부와 권력 또한 폭력으로 유지해 나가던 대통령들이 감옥에 갔다 온 사실을 아이들도 이미 알고 있기 때문에, 그들에게 맞서 싸우다 쫓겨나고 감옥 가고 했던 사람들에 대해서도 이야기를 나누었다. 뉴스를 통해 내가 피켓을 들고 있거나 기자회견 또는 집회에 참여하고 있는 장면을 볼 때면 썩 즐겁지 않은 표정이었던 아들녀석에게 그런 이야기를 하면서 스스로 생각하고 다시 판단해 보게 한 그날의 대화는, 식물 성장론에만 머물러 있던 그때까지의 내 교육관이 각성적 교육관으로 전환을 시작한 날이었다.

노동의 가치, 노동의 도덕

요즘 아이들은 어떻게 된 애들이 손 하나 까딱하지 않으려 한다는 이야기를 자주 듣는다. 자기가 자고 난 이불도 개지 않으려 하고 심부름을 시켜도 싫어하는 표정이 역력하다. 대신 시킬 사람이 없나 둘러보기 일쑤고, 빠져나갈 핑곗거리를 찾아보려고 머리를 굴리며 서 있는 마음이 얼굴에 그대로 나타난다.

솔선해서 일하는 습관을 갖게 하려고 교실 청소를 할 때 담임 교사인 내가 먼저 나서서 빗자루를 들고 바닥을 쓸면 빗자루가 오는 방향을 따라 요리조리 몰려다니며 피하기만 하는 아이들의 발을 보면 쓸쓸하기 그지없다.

ㅈ중학교에 근무할 때 마음 착하기가 부처님 가운데 토막 같던 원로 선생님이 계셨다. 큰 소리 한 번 치는 일이 없고 잘하지는 못해도 무슨 일이든 당신이 먼저 하려고 하신다. 그 선생님은 교

정을 오갈 때 늘 아이들이 버린 휴지와 쓰레기를 손수 주우신다. 그러면 지나가던 학생들이 "선생님, 저기도 있어요" 하며 쓰레기를 가리킨다.

아이들이 왜 이렇게 되었을까. 세대가 다르고 자라나는 환경이 달라서 그럴까. 아이들만 탓하기 전에 혹시 우리가 제대로 가르치지 않은 부분은 없을까.

"일은 우리가 할 테니까 너는 공부나 잘해. 엄마가 바라는 건 아무것도 없어. 오직 너 공부 잘하는 것만 바랄 뿐이야." 이렇게 말하며 아이들을 책상으로만 몰아넣은 것은 아닐까. 머릿속으로는 아이들이 자신감에 넘치고 자기가 맡은 일에 책임질 줄도 알며, 무슨 일이든 앞장서서 하려는 사람이 되어야 한다고 생각하면서도 정작 우리가 아이들을 그렇게 키우지 않고 책상 앞에만 앉아 있도록 한 것은 아닐까. 책상을 벗어날까 봐 불안해하며 아이가 앉아 있는 책상 주위를 맴돌지는 않았을까.

심지어는 아이의 아버지를 가리키며 "너희 아버지 봐라. 너도 저렇게 안 되려면 네 신세 네가 알아서 해"라고 말하는 어머니도 있다. 이럴 때 예를 드는 아버지란 대개 막노동을 하거나 농사짓는 아버지인 경우가 많다. 넓게 잡아서 생산직 노동에 종사하는 아버지들이다. 물론 너무 힘들고 어렵게 고생하며 살아야 하는 아버지를 가장 가까이에서 지켜보아 온 어머니로서 안쓰럽고 안 타까운 마음이 보태어진 표현일 수도 있다.

어려운 가정 형편, 쪼들리는 생활, 힘든 노동에 종사하는 아버 지를 보면서 '그래, 열심히 공부해야지. 열심히 공부해서 가난에 서 벗어나야지' '지금보다는 더 낫게 살아야지' '내가 얼른 커서 우리 집안을 일으켜야지'라고 생각한다면 그럴 수도 있다.

그러나 '그래, 열심히 공부해야지. 열심히 공부해서 아버지처 럼 저렇게 힘든 일 하지 말고 살아야지. 나는 저렇게 힘든 육체노 동을 하면서 살 수는 없어'라고 생각한다면 어찌해야 할까.

아이의 머릿속에서 육체노동뿐 아니라 노동 그 자체가 힘든 일이라는 인식과 일 자체를 싫어하는 생각이 굳어져 버리지는 않 을까.

앞에서 예를 든 것처럼 '너희 아버지 봐라……' 식으로 말하 지 말고 이렇게 말하면 어떨까.

"너희 아버지 봐라. 얼마나 고생하시는지 너희도 알지. 너희 아버지처럼 저렇게 정직하게 일하시는 분도 없다. 그런데도 우리 가 넉넉하게 살지 못하는 건 아버지가 무능해서가 아니라 일한 만큼의 대가를 제대로 돌려받지 못하는 사회에 더 큰 원인이 있 다. 너희는 열심히 공부해서 정직하게 땀 흘려 일하는 사람이 제대로 대우받고 사는 세상을 만들어야 한다."

이렇게 말해 줄 수 있다면 얼마나 좋을까.

노동을 천시하거나 노동은 사회에서 성공하지 못하고 낙오한 사람만이 하는 것이라는 편견을 갖게 하는 게 아니라, 이 세상에 노동하지 않고 사는 사람은 없으며 자기가 해야 할 일에 최선을 다하고 책임질 줄 알며 성실히 일하는 것은 살아가면서 우리가 당연히 갖추어야 할 덕목이라고 가르쳐야 하지 않을까.

사회에서 성공하고 인정받는 직업을 가진 아버지를 예로 들어 말할 때도 마찬가지다. "너희 아버지 봐라, 훌륭하시지. 너도 저렇게 되려면 열심히 공부해야 돼." 성공한 아버지에 대해 이렇게 이야기해 주며 아이가 아버지를 자랑스럽게 여기도록 해 주는 것은 중요하다. 그러나 아이가 아버지의 사회적 지위와 경제적 풍요만을 선망하게 하고, 그렇게 되기까지 얼마나 어렵고 힘든 과정이 있었는지를 함께 이야기해 주지 않으면 아이에게 잘못된 노동관을 심어 주게 된다. 아이가 힘든 일 안 하고 편안히 살면서도 사회적 지위와 경제적 풍요로움이 보장되는 삶을 살아야겠다는 생각을 하게 된다면, 아버지의 지위는 아이가 잘못된 인생관을 갖게 하는 걸림돌이 될 뿐이기 때문이다.

아버지의 직업이 전문직이든 사무직이든 그것 역시 땀 흘려 일하지 않으면 안 되는 전문직 노동, 사무직 노동인 것이며, 일의 성격과 분야가 생산직 노동과 다르다고 해서 편한 일에 종사한다는 우월감을 갖거나 생산직 노동에 종사하는 사람을 낮추어 볼 아무런 근거가 되지 못한다는 점을 일깨워 주어야 한다.

부모나 선생님의 처지에서 아이에게 열심히 공부해야 성공하고 출세할 수 있다고 말하는 것은 어쩔 수 없는 일이다. 그러나 그렇게 말하는 우리 마음속에 그리는 미래의 아이들 모습은 구체적으로 어떤 것일까. 좋은 대학 나와 좋은 직장 얻어 생활하거나 다른 사람들이 선망하는 전문 분야에서 어떤 일을 하는 모습일 것이다. 더 나아가 사회에서 힘과 권력을 발휘할 수 있거나 많은 돈을 벌 수 있는 직업, 또는 이름과 명예를 얻을 수 있는 일을 떠올릴 것이다.

기성세대의 머릿속에 들어 있는 부와 권력과 명예는 우리 세대가 갖지 못해 늘 결핍감을 느끼던 것들이다. 우리 아이가 대신 가져 주었으면 하고 바라는 이것을 아이들도 반드시 갖고 싶어 하는지는 아이들 의견을 들어 보아야 한다. 당신의 아이나 제자가 서울대 사회학과를 다니다가 가수가 되고 싶어 '패닉'이라는 그룹을 만들었다면, 당신은 허락하겠는가 말리겠는가. 당신이 어떻게 대답하든 아이는 자기가 하고 싶은 일을 하며 살려고 할 것이다. 지금의 우리 아이들이 살아갈 세상은 어쩌면 우리 세대와는 다른 가치로 행복의 척도를 가늠할지 모른다. 살아온 세상의 조건과 환경이 다르고 살아갈 세상의 모습이 다를 것이기 때문이다.

그럼에도 돈과 권력이 함께 따르는 직업을 갖도록 종용한다면, 아이들은 돈의 가치와 권력의 유무만으로 세상을 바라보는 잘못된 세계관을 갖게 된다. 우리가 아이들에게 가장 먼저 가르쳐야 할 것은 이 세상에는 돈과 권력보다 더 가치 있는 일이 있다는 것이다. 돈과 권력이 생기는 직업을 갖게 하는 것보다 더 중요한 일은 우선 자기가 맡은 일에 정직하고 성실하게 최선을 다해야 한다는 노동의 자세다.

이 세상에서 정말 가치 있고 의로운 일은 어떤 것인가, 어떤 일이 정말로 해 볼 만한가를 생각하기 전에 보수의 많고 적음만으로 일의 가치를 따지는 아이로 키운다면 그 아이들이 만드는 사회는 과연 어떤 사회일까. 아직 때묻지 않은 젊은 머릿속에 권력이 함께 따라오는지의 유무만으로 직업을 선택하게 한다면 그 아이들이 만드는 사회는 어떤 사회일까.

돈의 가치를 생각하기 전에 먼저 노동의 가치를 바로 아는 아이들로 키워야 한다. 일 속에 돈보다 더 큰 삶의 기쁨과 보람, 성취감이 들어 있음을 깨닫게 해야 한다. 어떤 일을 하든 열심히 땀 흘려 일하다 보니 인정도 받고 부와 명예도 찾아오더라는 이야기를 아이들에게 해 줄 수 있어야 한다. 그게 순서다.

우리 세대가 가난과 불평등 속에서 어렵게 지냈기 때문에 우리 아이들이 편하고 행복하게 살기를 바라는 것은 충분히 이해할 수 있다. 그러나 우리 아이들이 가능하면 힘든 일 피하고 편하게 살기만을 바라서는 안 된다. 미래 사회가 아무리 물질적으로 지금보다 풍요로운 사회가 된다 해도 게으른 사람을 요구하지는 않기 때문이다. 과잉보호를 받아 유약하기 짝이 없는 마마보이나 글방 도령들만을 요구하지는 않을 것이다. 아마 지금보다도 더 적극적이고 진취적이며 자기 맡은 일에 책임을 다해 일하는 사람을 필요로 할 것이다.

우리는 무의식중에 아이들에게 "너는 어째 그리 요령이 없니. 그럴 땐 요령껏 하는 거야"라고 말할 때가 있다. 아이에게 세상 살아가는 방법 하나를 가르쳐 준다는 것이 이런 식이 되면 아이는 세상 살아가는 방식의 정공법을 배우기 전에 편법에 익숙해지게 된다. 물론 세상이 교과서에서 배우는 것처럼 되어 있지 않다 해도 아이들에게는 정도正道를 먼저 알려 주고 그 길을 걷게 하지 않으면 안 된다. 정도를 가는 것에 익숙해져 있다 해도 세상 속에 던져지면 자신을 지키기 어려운데, 샛길로 빠지는 법부터 몸에 배면 아예 돌아오지 못하고 만다. 아직은 아이들에게 요령, 요령할 때가 아니다. 요령보다 먼저 노동의 가치와 노동의 도덕을 가르쳐야 한다.

노동의 참된 가치를 먼저 생각하는 사람은 집 지을 기둥에 철근을 열 개 넣어야 한다면 설계대로 열 개를 넣어서 지을 것이다. 그러나 요령을 먼저 배운 사람은 나중에 그 집이 무너지건 말건 철근을 여섯 개만 넣어서 지을 것이다.

우리는 어떤 노동의 도덕을 가진 아이들을 키워 내야 할까. 아이를 훌륭하게 키워 대통령이나 재벌 총수를 만들고자 할 때도 어떤 대통령, 어떤 재벌 회장을 만드느냐가 중요하다. 회사 돈을 외국으로 빼돌리고 부도를 내는 재벌 회장이나 부정축재를 일삼는 대통령은 나라의 운명 전체를 불행하게 만들기 때문이다.

노동의 권리와 책임을 바르게 알고, 노동하는 모든 사람을 존중하도록 가르치는 일이 사람답게 사는 세상을 만드는 지름길이다. 언젠가 일본의 고등학교 사회 교과서를 보다가 노동기본권을 자세히 설명하는 부분에서 단결권·단체교섭권·단체행동권이라고 적힌 머리띠를 두르고 활짝 웃는 아이들의 모습을 그린 삽화가 곁들여진 것을 보고 놀란 적이 있다.

결국 자라서 노동하며 살아갈 아이들에게 노동하는 사람으로

서의 기본적인 권리와 책임을 학교에서 제대로 가르치는 일이 우리나라에서는 언제쯤 가능할까. 식품을 만드는 회사에서 일하는 사람들이 적어도 자기 자신들부터 자기 회사 제품을 안심하고 먹는 세상이 되어야 한다. 그런 노동의 도덕이 통하는 사회가 되어야 한다. 외국인 노동자들을 저임금으로 고용해 인간 이하의 대접을 하면서도 이익만 남기면 된다고 생각하는 사장이나 관리자가 우리 제자나 자식 중에서는 나오지 않도록 노동의 참뜻을 바르게 가르쳐야 한다.

그런데도 오직 책상 앞에 앉아 문제집만 풀게 하고 "원하는 것은 뭐든지 해 줄 테니 너는 공부만 해라" 하는 식으로 붙들어 매 놓는 것만으로 만족한다면 우리는 정말 아이들을 잘못 키우는 것이다. 중고등학교 6년 내내 시험 점수만으로 닦달하면서 "이게 다 너 잘되라고 그러는 거야. 야속하게 생각하지 마라" 하며 아이들을 키우는 동안 아이들이 "그래 맞아. 이게 다 나 잘되라고 그러는 거야"라고 받아들이게 된다면 어떻게 될까.

대학 나오고 취직한 뒤에도 저밖에 모르는 사람, 자기 이익 외에는 아무것도 생각지 않는 사람, 이기적인 사람으로 살아가게 만든다면 교육을 제대로 시켰다고 할 수 없다. 교사인 내가, 어른인 내가 이렇게 했으니 저희도 따라오겠지, 알아서 하겠지 하지 말고 가르쳐야 한다. 표현을 잘 안 하는 기성세대는 생각을 마음에만 담아 두고 있다가 나중에 자식과 제자들에게 서운한 마음을 풀지 못해 속병이 드는 경우가 많다. 우리가 그렇게 키웠기 때문에 당연히 부모도 몰라보고 선생도 몰라보는 것이다.

가정에서부터, 교실에서부터 가르쳐야 한다. 아이들에게 소리 지르거나 화내지 말고 먼저 가르쳐야 한다. 그리고 더 좋은 것은 시키기 이전에 함께하는 것이다. 청소든 설거지든 함께하면서 일하는 것을 가르쳐 보자. 어른은 텔레비전을 보면서 아이들에게만 시키면 아이들은 당연히 하기 싫어한다. 나는 청소를 하면서 아이들은 쓰레기를 버리게 하거나 빨래를 개게 해 보자.

아이들이 어떤 일을 싫어하는 데에는 그럴 만한 이유가 있다고 한다. 동네 슈퍼마켓에 가서 물건을 사 오라는 별것 아닌 일을 싫어하는 아이 중에는 가게에 가기 꺼려하는 다른 이유가 있다는 것이다. 물건을 잘못 사 왔다가 크게 꾸중을 들은 적이 있거나, 물건 값이 모자라 당황하고 무안했던 적이 있거나, 공연히 의심받은 적이 있거나 하는 불유쾌한 기억이 있다는 것이다. 그게 어떤 것이었는지를 찾아내어 불편했던 기억을 지우게 하고, 함께 가게에 가서 물건을 사 보거나 즐거운 기억이 많아지도록 배려하면, 심부름 시킬 때마다 아이가 얼굴을 찡그리거나 다른 핑계를 대지 않게 된다고 한다.

다른 일도 마찬가지다. 요즘 아이들이 손 하나 까딱하지 않으려는 것만 탓하지 말고 노동의 유쾌한 기억이 많아지도록 해 주어야 한다. 아이 스스로 책상을 잘 정리했을 때, 집안일을 거들어 주었을 때, 망가진 걸상을 고쳤을 때는 아낌없이 칭찬해 주어야 한다. 아이들은 '내가 이런 작은 일을 했는데도 어른들은 기뻐하시는구나' 생각하게 된다. 이른바 긍정적 강화가 일어난다. 그리고 일에 대한 자신감도 생긴다. 나는 할 수 있어, 하는 자신감은 다른 일을 할 때도 좋은 결과를 가져온다.

설령 실패하더라도 놀리거나 크게 꾸짖지 말아야 한다. 놀림감이 되면 또다시 소극적인 아이로 돌아갈 수 있기 때문이다. 요컨대 우리 아이들이 노동이란 즐거운 것이며 보람 있고 남을 기쁘게 하는 일이라는 생각을 갖게 해야 한다. 우리의 어린 시절에는 노동의 유쾌한 추억이 많지 않았다. 힘들고 짜증스럽고 두렵던 기억이 많다. 그래서 알게 모르게 아이들에게도 노동을 천한 것으로 여기게 하는 세계관을 심어 줬는지도 모른다. 노동의 의미, 노동의 가치를 바르게 일깨워 주자.

남자가 시집가는 나라

텔레비전에서 아주 재미있는 프로그램을 보았다.

남자가 시집가는 나라!

제목부터 궁금증을 자아내지 않는가. 남자가 시집가는 나라라니. 중국 남쪽 지역에 있는, 동남아시아 소수민족으로 구성된 이 나라에서는 남자가 지참금을 싸 들고 여자네 집으로 시집을 간다. 그냥 데릴사위로 들어가는 게 아니다. 여자네 집에 가서 잠깐 살다가 다시 남자네 집으로 와서 사는 기간이 정해져 있는 처가살이도 물론 아니다.

정말 여자 집에 와서 결혼하고 그 동네에서 눌러사는 것이다. 여자가 일해서 평생 남자를 먹여 살려 주니까 시집오는 날부터 여자의 어머니와 가족들이 모여 앉아 남자가 가져온 지참금을 보며 "이게 뭐냐, 너무 적다"고 놀리곤 한다.

동네 풍경을 보여 주는네 깜짝 놀랐다. 여자들이 전부 밭으로 일하러 간 동안 마을 곳곳에서 남자들이 아이를 업거나 안고 모여 서서 수다를 떨거나 소일거리를 만들어 낄낄거리며 노는 것이다. 뱀과 토끼만 한 쥐를 서로 싸움시켜 둘 중 하나가 죽으면 그걸 잡아 구워 먹는 것도 소일거리 중 하나다. 왜 그걸 먹느냐고 물으니까 정력에 좋아서라고 대답한다. 사내들은 어려서부터 뱀을 잡아 꼬치에 꿰어 구워 먹는다. 물론 정력을 기르기 위해서다. 여자를 위해 온 힘을 다해 봉사하는 일, 그게 남자가 할 중요한 일 중 하나임을 어려서부터 몸에 배게 하는 것이다.

아이를 돌보고 기르는 일 말고 그 동네 남자들에게 또 중요한 일은 절에 다니는 것이다. 종교 생활은 그들에게 먹고사는 일 못지않게 중요한데, 종교 생활의 중요한 몫을 남자들이 담당한다. 남자아이들에게는 어려서부터 종교 생활을 시킨다. 그중 선발된 아이들은 승려가 되고 나머지 보통 남자들도 대부분의 시간을 종교 생활에 할애한다.

여자가 밭에 나가 일하다가 밥을 먹으러 들어오면 수다 떨며 놀던 남자들은 전부 집으로 들어간다. 여자가 쉬는 동안 남자는 부엌에 들어가 음식을 만든다. 벽에 기대어 앉아 쉬고 있는 여자와 부엌에서 볶고 지지고 요리하는 남자의 태연자약한 표정을 번

같아 보여 주는 화면을 지켜보다가 재미있다는 생각이 들었고, 사회 규범과 성 역할이란 무엇인가를 근본적으로 다시 되짚어 보지 않을 수 없었다.

우리가 전부라고 알고 있고 믿고 있는 가치와 도덕과 삶의 규범 같은 것도 다만 우리가 만들어 낸, 지금 이 시대 우리 문화의 규범에 지나지 않는 것은 아닐까. 자기가 살고 있는 그 고장을 벗어나면 가치 판단과 가치 평가가 전혀 다른 문화일 뿐이요 문화의 차이에 불과한 것을, 스스로 얽매여 벗어나지 못하는 것은 아닐까. 생각도 행동도 우리가 우리를 묶어 규제하고 그게 전부인 것처럼, 그게 아니면 안 되는 것처럼 살고 있는 것인지도 모른다. 무서운 고정관념과 도덕, 교육에 대한 우리의 맹목적인 믿음도 알고 보면 우리가 살면서 만들어 놓은 우리 문화의 한 담론일 뿐이라는 생각이 들었다.

남자는 이래야 한다는 성 역할, 여자는 이래야 한다는 고정관념이 여지없이 무너진 사회, 백팔십도 뒤바뀐 사회의 모습을 보면서 우리 사회의 남녀 불평등 구조 또한 우리가 살면서 만든 사회 문화 양식일 뿐 결코 전부일 수 없다는 점을 다시 한 번 확인한 것이다.

생각해 보라. 여자 집에 시집와서 사는 남자는 얼마나 불편하고 힘들겠는가. 전혀 알지 못하는 사람들 사이에 끼어 살림살이 하고 집안일 뒤치다꺼리하면서 기도 펴지 못하고 사는 남자의 처지를 상상해 보라. 표정이 활달하거나 활짝 펴 있지 못하고 조금은 주눅 들어 있는 남자의 얼굴. 낯선 여자네 마을에 와서 소외당하지 않으려고 동네 남자들과 어울려 같이 수다 떨고 절에 다니면서 그나마 위안을 찾고 생활에 적응해 가는 새신랑의 모습을 보면서 우리 가족 구조에서 여자의 처지는 어떤가를 금방 생각하게 된다.

부엌일을 할 때 시집온 남자의 손위 동서가 그 집안의 분위기나 문화에 대해 이야기해 주며 손아래 동서를 위로하고 다독여 주는 모습을 떠올려 보라. 비슷한 처지의 남자끼리 신세 타령도 하고 고생한 이야기도 해 가며 아이를 안고 업고 개울로 빨래하러 가는 모습을 상상해 보라. 그 빨래터에서 무슨 이야기가 오가겠는가.

여자들은 밭에 나가 일하거나 고무를 채취하다 힘이 들면 집안에 있는 샘에서 윗옷을 벗어 던지고 등목을 한다. 강가에서 남자아이들이 놀고 있는데 강으로 들어가 대낮에도 목욕을 한다. 일이 고되고 땀이 비 오듯 쏟아지니까 부끄러운 것도 별로 가리지 않는다. 원피스로 되어 있는 옷을 벗어서 돌돌 감아 머리에 얹어 고정시킨 다음 그대로 앉아 먹을 감는다. 여자들은 거기가 어려서부터 살던 자기 동네요, 어색하거나 낯설지 않은 고장이다. 낯선 동네에 시집와서 사는 남자들과 달리 다 아는 사람들이고, 또 자기들이 일해서 남자를 먹여 살린다는 자신감 같은 것도 있을 것이다.

자본주의 가족 구조를 지탱해 온 성에 대한 고정 역할과 관념이 여기서는 여지없이 깨진다. 여성의 특징이라고 하는 순응성·동질성·부드러움·민감성·사교성 등과 남성의 특성이라고 하는 과감성·공격성·경쟁력·지도성이라는 개념들이 완전히 뒤바뀌어 있다.

여자는 당연히 온순하고 희생할 줄 알며 얌전하고 순종하는 것이 미덕이라고 가르쳐 온 것이 권력을 쥔 남성들이 그 권력을 제도적으로 유지하고 전수하기 위해 여성에게 강요한 역할이었다는 사실을 시집가는 남자에게서 확인하는 것이다. 여성의 성격과 가치 체계까지 일일이 규정해 오며 만들어 낸 성 역할이 당연한 절대 불변의 가치가 아니라는 점을 생각하게 되는 것이다.

사석에서 이런 얘기를 했더니 그 방송 테이프를 복사해서 학생들에게 보여 주고 성 역할과 고정관념에 대해 토론하게 해 보자는 사람도 있고 그곳을 우리나라 남자들에게 견학시키자는 여성도 있는데, 남자들 중에는 거기가 어느 나라인지 가서 살았으면 좋겠다며 낄낄대는 사람이 많다. 우선 편안한 걸로 치면 살고도 싶겠지만, 살다 보면 권력욕이 발동하여 다시 여성들에게 밭일과 집안일을 다 시키는 나라로 바꾸어 버리지는 않을까 심히 우려된다.

티베트의 결혼 풍습을 보여 주는 텔레비전 프로그램을 보았을 때도 그런 생각이 들었다. 거기에서는 여자가 결혼을 해야겠다고 결정하면 마을에 있는 흰색 천막 안으로 들어간다. 그러면 어떤 남자든지 그 천막으로 들어가 그 여자와 잘 수 있다. 단, 여자는 거기서 아이를 낳기 전에는 나올 수 없다. 여자는 아이를 낳은 뒤 자기와 함께 잔 남자 중에서 한 남자를 선택해 결혼을 한다. 여자한테 선택받은 남자는 그 여자와 함께 살아야 한다. 이 얘기를 하면 사람들은 대뜸 그 아이는 어떤 남자의 아이인지부터 묻는다. 이런 질문도 가부장 사회의 고정관념이다. 남자의 부와 권력이 장남에게로 전해져야 한다고 믿는 우리 사회의 고정관념에서 나오는 질문인 것이다. 그 아이는 여자의 아이인 것이다.

자식을 개인의 소유물이라고 생각하지 않는 그 나라 사람들은 부모에 대해서도 마찬가지 생각을 갖고 있다. 부모가 돌아가시면 그 시신을 산 위에 있는 제단으로 가져가 조장鳥葬을 지낸다. 몸을 새에게 주는 것이다. 새가 깨끗이 뜯어 먹어야 부모의 영혼이 새를 통해 하늘나라로 올라간다고 믿는다. 심한 질병을 앓거나 불길하게 죽은 시신이 아니고는 절대로 매장을 해서 장례를 치르지 않는다. 토질과 자연 조건의 차이에서 오는 풍습이기도 하겠지만 그 모든 것이 살아온 삶과 문화의 차이다. 뒤집어 이야기하면 우리의 의식주와 문화생활, 관혼상제와 성에 관해 생각하는 많은 것들은 다만 우리의 문화일 뿐이라는 뜻이다.

며칠 전 밖에 나갔다 돌아오니 아들녀석이 다음 날 있을 가사 실습 준비물을 챙기느라 제 엄마를 찾는다. 그날 아내는 여성 단체 일로 늦게까지 회의를 하느라 집에 없었다. 샌드위치를 만드는 데 필요한 준비물 중에 머릿수건과 마스크(이건 음식 만드는 데 필요하다기보다 사내녀석들을 떠들지 못하게 하려고 가정 선생님이 가져오라고 했단다)는 내가 찾아 주었는데, 앞치마 있는 곳을 몰라 제 엄마 사무실로 전화를 걸게 했다.

앞치마는 내일 아침에 학교 가기 전까지 해결해 줄 테니 걱정하지 말라는 대답을 들었는지 전화를 끊고 나더니 머릿수건을 써보곤 깔깔대며 웃는다. 장난꾸러기 녀석들, 머릿수건을 쓰고 앞치마를 걸친 채 달걀을 부치고 빵과 햄과 오이를 썰고 마요네즈를 바르며 저희끼리 얼마나 웃고 떠들어 댈까 상상하니 나도 웃음이 나왔다.

"애들이 어색해하지 않겠니?"

"아뇨."

"괜찮아?"

"네."

의외로 이 녀석의 표정이 자연스럽다. 남자가 뭐 이런 일을 하냐는 둥 창피해하거나 겸연쩍어할지도 모른다는 내 짐작은 빗나갔다. 빗나가서 사실은 다행스러웠다. 중간고사 때였나, 시험 본 각 과목 답안지를 집에서 함께 맞추어 보다 여성의 생리와 신체 변화, 임신과 관련한 가정시험 문제를 틀리지 않고 맞힌 걸 보고 속으로 '하, 고 녀석' 한 적이 있다. 그런 교육에 익숙하지 않은 우리의 고정관념이 문제지 어려서부터 자연스럽게 가르치면 하나도 문제 될 게 없는 것이다.

우리 집에서도 아내가 컴퓨터와 외국어와 운전을 나보다 잘하니까 그런 분야에 도움을 청할 일이 있으면 아이들은 으레 제 엄마를 찾는다. 그러나 글쓰기나 여러 과목 숙제의 자잘한 일이 잘 안 풀려 어려울 때는 나를 찾는다. 아내가 일 때문에 늦게 들어오는 날은 내가 저녁을 하는데, 내가 만드는 김치찌개며 반찬이 아내가 만드는 것보다 맛없다고 한 적이 없다. 제 아빠가 반찬을 만들기 위해 무채를 썰거나 파를 어슷썰기하는 실력이 엄마보다 낮고, 감자를 볶는 모습이 어색하거나 어쩔 줄 몰라 허둥댄다고 여기지 않는 것이다.

아내는 어떤 일을 할 때나 글을 쓸 때 논리적인 접근 방식을 택하고 나는 정서적으로 접근하려 한다. 사회과학을 전공한 아내는 당연히 사회현상을 대할 때 개념적 논리와 과학적 방법론으로 해석하려 하고, 문학을 전공한 나는 형상적 인식으로 세계와 사물에 다가가려는 방법론에 익숙해 있다.

러시아의 문예비평가 벨린스키가 말했듯이 "철학자는 삼단논법으로 말하고, 화가는 형상과 화폭으로 말하며, 정치경제학자는 통계 수치를 이용하여 독자의 이성에 다가가지만, 시인은 생생하고 선명한 현실 묘사를 이용하여 독자의 마음에 다가간다"는 얘기가 우리 집에서도 그대로 적용된다.

성격도 그렇다. 아내는 분석적이고 이론에 투철하며 자기주장이 뚜렷하다. 반면에 나는 정적이며 경쟁을 싫어하고 남에게 양보하고 이해하기 좋아하며 세상 물정 잘 모르고 순진하다는 소리를 듣는다. 아내는 의존적이거나 수동적·복종적이지 않다. 나는 지배적이거나 공격적이지 않고 과단성과 단호함이 부족한 편이다. 우리 사회에서 일반적으로 생각하는 여성적 가치가 나의 내면에도 존재한다는 생각이 들고, 아내의 성격 속에 남성적 가치가 들어 있는 것을 발견할 수 있다.

물론 아내에게도 정적이며 명랑하고 순진한 요소와 동정심, 그리고 어떻게든 경쟁에서 남을 눌러 이겨야겠다는 마음이 적은 점 등 여성적 가치라고 일컬어지는 면이 없다는 게 아니다. 나 역시 내가 옳다고 믿는 것에 대한 주관이 뚜렷하고, 부족하지만 나름의 논리가 있다. 그러니까 우리 집을 놓고 보면 남성성·여성성에 대한 고정된 행동 특성보다는 양성성이 더 많이 나타난다.

그래서 그런지 딸애도 제 엄마를 좇아 밖으로 나다니며 일하는 걸 좋아한다. 성폭력 추방 캠페인에 따라가 거리에서 피켓을 들고 서 있는 일을 어색해하지 않는다. 밖에 나가 여러 사람과 어울려 무슨 일 하는 걸 좋아한다. 안 데려갈까 봐 안달을 한다. 답사에 따라가는 것은 물론이고 선생님이 내주는 숙제 중 유적지에 가 보고 자료 조사해 오라는 것, 우체국이나 은행·동사무소에 가서 조사해 오라는 게 있으면 친구들 데리고 잘도 다녀온다. 소극적인 아들녀석에 비해 딸애는 적극적인 성격이다.

원래 양성주의를 뜻하는 Androgyny는 고대 그리스어의 하나로, 남성을 뜻하는 andro와 여성을 뜻하는 gyn이 결합해 만들어진 것이라는데, 이는 적합한 특성 안에 제한되어 있는 개인들의 해방을 추구하는 개념이다. "남자는 울면 안 돼. 남자가 울다니……" 하는 것이 아니라 남자도 슬픔과 울적한 감정을 당연히 표현할 수 있다고 열어 놓는 개념이다. 성에 대한 고정관념이나 관습에 갇혀 있지 않고 바람직한 남성적 특성과 여성적 특성 모두를 바탕으로 성장, 활동하게 하는 것을 일컫는다.

현대사회의 구조가 각 성의 장점을 취합한 균형 잡힌 모델을 요구하고 있고, 양성성을 갖춘 사람이 적응력도 높고 일을 처리하는 자신감이나 성취도도 높다고 한다. 양성성 검사를 고안하여 성 역할 목록을 만든 샌드라 벰Sandra L. Bem은 양성적 인격의 소유자는 작업대보다는 경영진에 배치되는 것이 더욱 적합하다고까지 말한다.

한 성이 다른 성을 억압하고 지배하며 길들여 온 인간의 역사에서 권력을 가진 쪽에 속해 있는 남성은 온갖 편리함과 혜택을 누렸지만 반대로 여성은 끊임없이 희생하고 인내하도록 강요받았다. 지배 집단인 남성들이 만들어 놓은 관습에 의해, 문화와 제도에 의해, 그리고 이미 그렇게 길들여진 여성들에 의해 사고와 행동의 틀이 만들어져 온 것을 우리는 알고 있다.

우리와 다른 세상을 살아갈 아이들은 이제 우리와 다르게 교육

해야 한다. 남자다울 것과 여자다울 것을 요구하기 전에 먼저 어떻게 인간답게 키울 것인가를 고민해야 한다. 남자로 또는 여자로 만들어 가려고 고민하기 전에 먼저 어떻게 사람이 되게 할 것인가를 고민하고, 사람답게 살아가도록 하기 위해 아이들에게 일깨워 주어야 할 것이 무엇인가를 찾아 나서야 한다.

이솝에게 길을 묻다

하루는 딸애가 학교에 다녀오더니 "아빠, 지렛대로 지구를 들 수 있어요?" 하고 묻는다. 뚱딴지같이 이게 무슨 소리인가 싶어 "뭐라고? 그게 도대체 무슨 말이냐?" 하고 물었더니 선생님이 집에 가서 어른들에게 물어 오랬단다. 지렛대로 지구를 들 수 있느냐니, 얘가 뭘 잘못 알고 엉뚱한 소리를 하는 게 아닌가 싶어 확인해 봤으나 틀림없이 선생님이 그렇게 숙제를 냈다고 한다. "요새 과학 시간에 뭘 배우는데 그러니?" 하고 물었더니 지레와 도르레에 대해 배운단다.

책을 좀 가져와 보라고 했다. 실제로 아이가 물어보는 학습 내용 중에는 부모도 모르는 게 참 많다. 그래서 곤란할 때가 얼마나 많은지 아이를 길러 본 사람들은 잘 안다. 아이가 물어보는 내용을 잘 모를 때는 아이와 함께 책을 보면서 하나씩 풀어 나간다.

딸애가 배우고 있는 것은 간단한 연모를 사용할 때 편리한 점과 지렛대를 이용하여 작은 힘을 큰 힘으로 바꾸는 원리에 관한 것이었다. 그렇다면 그런 원리는 선생님이 설명해 주셨을 것이다. 그런데 왜 지렛대로 지구를 들 수 있는지 알아 오라고 했을까. 연모를 사용하여 무거운 걸 움직일 수 있다면 그게 어디까지 가능할까를 생각해 보게 하려고 다소 엉뚱한 과제를 낸 게 아닌가 싶었다.

"시끄러워" "몰라" "시간 없어" "말도 안 되는 소리 좀 하지 마" "그런 건 알 필요 없어. 다른 숙제나 해" "그런 건 시험에 안 나와", 선생님은 이런 대답으로 아이의 질문을 묵살해 버리는 게 아니라 "글쎄, 그게 가능할까. 너는 어떻게 생각하니?" 하면서 아이가 배우고 있는 것에 최소한의 관심을 가져 주길 바라며 어른들에게 물어보라고 한 것은 아닐까 하는 생각도 들었다.

지렛대로 물체를 받칠 때의 위치와 손으로 누르는 곳, 그리고 물체가 닿는 곳을 각각 받침점·힘점·작용점이라고 한다는 내용은 학교에서 선생님이 가르쳐 주실 테니까 그런 걸 부모가 아이에게 다시 가르치고 확인하게 하려는 의도는 아니었을 것이다. 그보다는 지렛대로 지구를 들 수는 없지만, 그런 원리를 이용해 우리 생활에서 편리하게 사용하는 것을 찾으면 어떤 게 있을까 하는 이야기를 나누어 보게 하려는 의도가 더 컸을 것 같다.

그래서 손으로 따기 힘든 병뚜껑을 병따개로 딴다든가 손톱깎이로 손톱을 깎는 일과 장도리로 못을 빼는 것 등이 바로 그런 지레의 원리를 이용한 것임을 실제로 아이에게 보여 주는 시간을 갖는다면 더욱 좋지 않을까 하는 뜻이 숨어 있을지도 모른다는 생각을 했다. 우리 딸아이 이야기를 들어 보면 선생님은 수업 운영 방식이 자유분방하고 재미있으며, 교과와 관련 없어 보이는 듯한 엉뚱한 이야기를 아이들에게 많이 들려주는 것 같다.

엊그제 아이가 가져온 숙제도 그렇다. 아래 글이 그 숙제 내용이다.

『이솝 우화』로 유명한 이솝이 젊었을 때는 노예 신분이었습니다. 하루는 농장에서 일을 하고 있는데 지나가던 나그네가 이솝에게 물었습니다.

"여기서 시내까지는 얼마나 걸려유?"

이솝은 대답 대신 물끄러미 나그네를 쳐다보고만 있었습니다.

나그네는 속으로 이솝이 귀머거리인 줄 알고 갈 길을 재촉하였습니다.

나그네가 100미터쯤 갔을 때, 이솝이 나그네를 불러 세웠습니다.

"그 정도로 가면 두 시간쯤 걸려유."

나그네는 가던 길을 멈추고 이솝에게 따졌습니다.

『이솝 우화』인 줄 알고 읽어 나가다 5분의 3쯤 지나고 보니 이건 속도와 속력에 관한 문제다. '민호는 10초 동안 28미터를 갔고 인수는 25미터를 갔다. 민호와 인수의 속력을 계산해 보자' 하는 식의 딱딱하고 재미없는 숙제가 아니다. 아이들이 '이게 무슨 얘기지?' 하고 관심을 갖게 하고 왜 그랬을까 하는 의문을 자연스럽게 품게 하는 글이다.

이 이야기 밑에 선생님은 "이솝이 알고 있었던 것은 무엇일까요?" "이솝이 모르고 있었던 것은 무엇일까요?" "나그네의 질문에 어떤 모순이 있어서 대답을 하지 않았을까요?" 등등의 문제를 내주었다. 그리고 그다음에 속력과 시간을 구해 보는 문제를 주고, 마지막으로 속력을 그래프로 그려 보는 문제로 발전시키고 있다.

얼핏 이솝 이야기를 하는 것 같지만 결국은 속력을 계산하는 방법과 거리와 시간과의 관계를 알게 하려는 학습 목표가 있다. 그러면서도 아이들이 어렵게 느끼지 않게 접근하고 있다. "별자리를 공부하는데 그리스 신화를 읽어 오라고 하셨어요"라든가 "시험 문제지 끝에 '수고했어요' 대신 '가장 높이 나는 새가 가장 멀리 본다' 이런 걸 써 놓으셔요" 하고 아이가 툭툭 던지는 말을 들어 보면 선생님이 아이들을 어떻게 대하는지 알 것 같다.

부모에 따라서는 그런 숙제를 보고 "선생님, 공부가 되는 다른 숙제를 내주세요" 하거나 "선생님은 왜 숙제를 제대로 안 내주세요? 선생님이 숙제를 많이 안 내주시니까 학교 갔다 오면 애가 텔레비전 앞에만 붙어 있어요" 하고 숙제의 양을 늘려 달라고 요구하는 사람도 있다. 아이가 책상 앞에 앉아 있어야 안심하는 부모의 교육관은 이제 달라져야 한다. 중요한 건 학습의 양, 숙제의 양이 아니라 질이기 때문이다. 그리고 어떻게 학습 의욕을 불러일으킬 수 있는 환경을 만들어 줄 것인가를 고민해야 한다.

아이가 잠들기 전에 우리나라 부모들이 꼭 묻는 말이 있다. "숙제 다 했니?"가 그것이다. 무슨 내용을 어떻게 했는가보다는 숙제를 했는지 안 했는지가 문제이고, 다 했다고 대답을 해야 비로소 안심한다. 아이에게 낸 숙제가 고스란히 부모의 숙제가 되는 경우도 있고, 초등학교 아이가 밤 12시가 넘도록 숙제를 못해 울며 짜증을 부려 가며 참고서를 붙들고 있는 경우도 있다. 자기 아이가 초등학교에 입학한 뒤 숙제 스트레스 때문에 속옷에 똥을 지리더라는 말을 학부모 모임에서 들은 적도 있다.

그래서 아이에 대한 가정학습 하면 으레 숙제가 전부인 것으로 생각하고, 아이가 책상에 앉아 숙제로 내준 문제를 풀고 있는 모습을 보며 비로소 안심하는 것이 부모가 아이의 가정학습에 보이는 관심의 전부인 경우가 있다.

가정에서 부모가 아이의 학습에 관심을 보이는 첫 번째 모습은 먼저 아이의 이야기를 잘 들어 주는 것이다. 아이는 학교 선생님 이야기, 그날 학교에서 배운 이야기, 친구 이야기 등등 하고 싶은 이야기가 많을 것이다. 일을 하거나 같이 밥을 먹으며 그런 이야기를 들어 주는 것만으로도 충분하다. 자리에 앉혀 놓고 추궁하듯이 물으면 아이는 부모와 마주치는 것을 부담스러워할 것이다. 편하게 이야기하는 게 좋다. 친구들이 잘못을 저질러 혼난 일, 요즈음 유행하는 말, 아이들이 좋아하는 노래 또는 그날 배운 것 등, 하루 종일 학교에서 일어난 일 중에 부모에게 하고 싶은 이야기가 있게 마련이다.

우리 딸애는 그런 걸 이야기하다 제 오빠한테 자주 핀잔을 듣는다. 학교에서 그날 배운 것을 이야기하는데도 앞뒤가 잘 맞지 않을 때가 있기 때문이다. 그러나 그럴 때도 무안을 주기보다는 다시 한 번 천천히 우리가 알아듣게 이야기해 보라고 말해야 한다. 부모가 관심을 갖고 듣고 싶어 한다는 걸 알면 아이는 어떻게든 순서를 잡아 이야기해 보려고 할 것이다. 그것 자체가 생각을 정리하는 과정이요 정리 학습이다. 오늘은 아이가 무얼 배웠을까에 관심을 갖는 것, 그게 아이가 숙제를 했는지 안 했는지 확인하는 일보다 더 중요하다.

아이의 이야기를 잘 들어 주는 일 다음으로 가정에서 해야 할 일은 학교에서 배운 것을 생활 속에서 구체적으로 체험할 수 있는 기회를 갖게 하는 일이다. 앞에서 잠깐 이야기한 것처럼 지레의 원리와 지렛대에 관한 지식을 가르치는 일이 학교에서 해야 할 일이라면, 그게 생활 속에서 어떻게 활용되고 있는지를 찾아보게 하는 것은 가정에서 할 수 있는 일이다. 병따개뿐만 아니라 스테이플러는 어떤가, 압침 뽑기나 펜치는 어떤가, 이런 걸 생각해 보게 하는 일이 숙제의 내용이 되어야 한다. 아이가 배운 것, 아이의 학교 생활 등에 관심을 갖고 부모와 자식 간에 서로 이야기 나눌 수 있는 가정학습 과제, 학교에서 배운 것을 가정과 실생활에 적용할 수 있도록 찾아보는 숙제, 그런 숙제를 내줄 수 있다면 좋을 것이다.

가깝게 지내는 신부님 한 분이 언젠가 우리 아이에게 "오늘은 학교에서 선생님과 무슨 이야기를 했니? 선생님한테 질문한 거

있어?"하고 묻는 걸 본 적이 있다. 그때 솔직히 속으로 깜짝 놀랐다. 나 역시 아이가 학교에 갈 때면 "잘 갔다 와"하는 게 아이에게 늘 하는 인사말의 전부다. 우리나라 모든 부모는 아이를 학교 보낼 때마다 "선생님 말씀 잘 듣고 와"하고 말한다. 학교에 가서 선생님 말씀 잘 듣고 얌전히 공부하고 오라는 이 말대로 이루어지는 학습은 선생님이 열심히 설명하고 아이들은 정숙하게 앉아서 듣고 받아쓰는 수업일 것이다. 그러나 이런 전형적인 수업은 수동적인 아이를 길러 내는 방식이 될 수밖에 없다는 사실을 우리는 간과하고 있다.

이 말에는 교육의 모든 것을 교사에게 위임한다는 부모의 교육관이 들어 있다. 동시에 '잘 부탁드리겠습니다, 선생님만 믿겠습니다' 하는 의미도 있다. 그러나 말은 그렇게 하면서도 이 사회는 교사를 신뢰하지 않는다. 학교 교육만으로는 부족하다는 생각이 팽배해 있다. 대부분의 부모들은 아이가 학교 끝나기 무섭게 학원으로 돌리고 과외 선생을 두어 보충시키지 않으면 안 된다고 생각한다. 불안한 것이다.

진정으로 교사를 신뢰하고 교사에게 아이들을 맡겨도 된다고 생각한다면 아이에게 "선생님 말씀 잘 듣고 와라"가 아니라 그 신부님처럼 "선생님과 무슨 이야기를 했니?"라고 묻는 것이 옳을 것이다. 그래서 아이가 선생님에게 가까이 다가가고 선생님께 서슴없이 묻고 대답할 수 있도록 자꾸 관심을 가져 주어야 할 것이다. 그래야 선생님도 질문이 열려 있는 수업, 아이에게 가까이 다가가려는 수업으로 만들어 갈 수 있을 것이다.

아이들에게 공부 공부, 숙제 숙제 하면서 어른들이 마음을 조급하게 먹으면 아이들도 덩달아 공부와 숙제를 불안하게 생각하고, 공부 그 자체를 자꾸 멀리하게 되는 결과만을 낳는다.

아들녀석이 제 방에서 나와 기지개를 켜면서 큰 소리로 "다 했다!" 그러기에 "무얼 다 했는데?" 했더니 "숙제요. 빡빡이 숙제" 한다. 남들은 두 시간 걸리는 걸 한 시간에 다 했다면서 팔을 주무른다. 책상에 가 보았더니 16절지 종이에 무얼 새까맣게 써 놓았다. 영어 단어도 좋고 수학 공식도 좋고, 좌우지간 배운 내용을 백지에다 새까맣게 쓰는 숙제를 빡빡이 숙제라 부른단다.

반복 학습, 드릴 학습으로 효과가 오르는 과목이 없는 건 아니다. 옛날 서당 교육에서도 반복해서 읽고 외우게 하는 방법을 즐겨 사용했다. '독서백편의자현讀書百篇意自顯'이라는 옛말도 있다. 백 번 읽으면 뜻을 저절로 알게 된다는 말이다. 그러나 이런 방식을 모든 교과에 적용시킬 수는 없다. 단순 반복을 되풀이하는 동안 학습 효과도 떨어지고, 아이들이 학습 그 자체에 염증을 내게 된다. 아이를 공부시키려다 공부 그 자체를 싫어하게 만든다면 그런 숙제는 이미 숙제로서의 의미를 잃어버린 것이다.

"애들이 좋아하니?"

"아뇨."

"그럼 안 해 오는 애들 많겠네?"

"그래도 다 해 와요."

"하기 싫은데도?"

"안 해 가면 맞잖아요."

하기 싫어도 매가 무서워서 억지로 하는 숙제는 효과가 없다. 장기적으로 보면 학습 그 자체를 싫어하는 아이로 키울 뿐이다. 아들녀석 말을 들어 보면 제 친구들 중에는 볼펜을 세 자루씩 묶어서 그걸로 빡빡이 숙제를 하는 애들도 있다고 한다. 영어 단어를 한 줄 쓰면 석 줄 쓴 효과가 나는 숙제 하기. 정말로 어떤 것을 익히기 위해서 하는 공부가 아니라 그저 여백을 메우기 위해서 하는 공부. 들여다보기도 싫은 백지의 공백을 메우기 위한 요령을 먼저 생각하게 하는 숙제. 이런 숙제와 가정학습에서는 얻는 것보다 잃는 것이 더 많다.

"그래도 도움이 되는 게 있지 않니?"

이렇게 물었더니 대답이 걸작이다.

"있지요. 팔운동에는 도움이 되지요" 한다.

제가 배우는 학습 내용과 방법에 대해 벌써부터 냉소적으로 반응하는 게 웃을 일인지 울어야 할 일인지 모르겠다.

아이들의 능력과 특성을 고려하지 않은 채 일률적으로 내주는 반복 학습 과제는 학습의 질을 떨어뜨린다. 또한 지루하게 오랜 시간에 걸쳐 해야 하는 숙제는 학습 의욕을 잃게 한다. 그런 숙제는 없는 편이 낫다. 아이들을 가르치는 일이나 과제를 내는 일 어느 한 가지도 제대로 연구하려고 하지 않던 시절에 내주던 전근대적인 방식의 숙제는 이제 달라져야 한다.

숙제 한 가지도 창의력을 길러 주고 학생이 관심과 흥미를 느끼게 하려고 고민하는 교사들이 점점 늘고 있다. 과학적이고 합리적이며 인성 계발에도 도움이 되는 숙제, 여럿이 힘을 모아 문제를 해결해 나가는 능력을 길러 주는 숙제, 손끝만이 아니라 손과 발과 머리를 함께 움직이게 하는 숙제, 아이들이 안정감과 자신감을 가질 수 있도록 이끌어 주는 숙제, 그런 숙제의 여러 보기가 많이 나타나고 있다. 고민하지 않는 교사가 문제 교사다. 나날이 새로워지지 않으면 안 되는 것은 학생만이 아니다. 교사도 마찬가지다.

신세대, 그들이 추구하는 행복

오늘날 젊은이들이 추구하는 가치 있는 삶의 덕목은 무엇일까.

몇 해 전 연세대 학생상담소(소장 연문희 교수, 교육학)가 재학생 3400명을 대상으로 실시한 '가치관, 자아 정체감, 심리·사회적 성숙도 조사' 결과에 따르면 1위가 개인의 행복, 공동 2위가 물질적 풍요와 의욕적인 삶, 공동 4위가 가정의 평화와 마음의 평안인 것으로 나타났다. 그다음은 남녀의 사랑, 친구 간의 우정, 사회적 성취감, 긍지와 자부심 등의 순이다.

풀어서 이야기하면 개개인이 행복하게 사는 것이 가장 중요하며, 그러기 위해 물질적으로 여유 있고 풍요롭게 살기 바라며, 의욕적으로 일하고 돌아와 마음 편히 쉴 수 있는 가정과 사랑 이런 것이 갖추어진 삶을 추구한다는 이야기다.

궁극적으로 어떤 사람이든 이런 삶을 산다면 행복하다고 느끼지 않을 수 없으며, 인간이면 누구나 다 이런 행복을 꿈꿀 것이다. 그리고 이런 가치를 성취하기 위해 필요한 도구적 가치를 묻는 질문에는 성실, 개인의 능력, 창조력 등으로 대답했다. 행복을 이루기 위해서는 능력 있는 개인이 되어야 한다는 생각을 가지고 있다는 이야기다.

그런데 재미있는 것은 연문희 교수가 20년 전에 똑같은 주제로 당시 대학생들을 대상으로 조사했던 자료와 비교 분석한 결과다. 20년 전 대학생들은 한평생을 살아가는 데 가장 중요한 가치로 마음의 평안, 의욕적인 삶, 단란한 가정, 남녀의 사랑 등을 꼽았다. 여기에서 변화의 폭이 가장 큰 항목으로 나타난 것이 20년 전에는 6위였던 '개인의 행복'이 1위로 올라왔고 12위에 머물렀던 '물질적 풍요'가 2위로 껑충 뛰어올랐다는 점이다. 이는 오늘날 젊은이들이 개인주의와 물질 추구 경향에 깊이 젖어 있다는 사실을 보여 주는 자료가 아닐 수 없다.

행복한 삶을 이루기 위한 도구적 가치가 무엇인지 물었을 때 20년 전의 젊은이들은 성실, 책임, 인격 수양 등으로 대답했다고 한다. 성실하고, 자기가 맡은 책임을 다하며, 우선 개인이 인격을 갖춘 사람이 되어야 한다는 생각을 하고 있었던 것이다.

그러나 지금은 무엇보다도 능력과 창조력을 갖추고 성실하게 일해야 한다는 것으로 바뀌었음을 알 수 있다. 성실하게 일해야 한다고 생각하는 것은 변함이 없지만 인격보다는 능력을 더 중요하다고 생각하는 점이 변화된 태도라 할 수 있다. 마음이 평안하고 떳떳하며 양심에 부끄러움 없는 생활과 같은 정신적 가치보다 구체적으로 물질이 넉넉해야 행복하게 살 수 있다고 생각하는 아주 현실적인 행복관을 추구한다는 점이 엿보이는 비교 자료가 아닌가 싶기도 하다.

아울러 20개 항목 중 삶에서 별로 중요한 가치라고 보지 않은 항목은 평등한 삶, 세계 평화, 국가 안보, 종교적 구원 등이었다. 세계니 국가니 하는 거창한 단위에 대한 거부감도 있었겠지만, 최하위를 차지한 이런 가치들의 의미를 통해서 보더라도 개인 중심주의가 크게 작용한다는 것을 알 수 있다. 또한 죽은 뒤의 종교적 구원이나 내세에서의 영원한 삶보다는 현실에서의 행복과 즐거움을 더 선호하는 젊은이들의 태도를 발견하게 된다.

특히 많은 생각을 하게 하는 것이 '평등한 삶'에 별로 가치를 두지 않는 태도이다. 개인의 능력에 따라 행복의 척도가 결정되는 것이 정한 이치이니 어차피 인간의 삶은 평등할 수 없는 게 아니냐는 생각에서 비롯한 것인지도 모르겠다. 그러나 지나치게 물질을 추구하는 생활 태도와 개인주의적 삶의 방식 때문에 더불어 행복하게 사는 삶의 방식을 소홀히 여기는 것은 아닌가 하는 걱정이 든다.

개개인이 각자 행복하게 살면 그것이 모여 다 같이 잘사는 사회가 되는 게 아니냐고 할 수도 있겠지만 그렇지 못한 것이 현실임은 우리 모두 알고 있지 않은가. 더불어 함께 잘살기 위해 노력하는 삶의 태도를 지녀야 하고, 인간이 서로 귀한 존재임을 깨달아 사람을 사람으로 대할 줄 아는 평등한 인간관이 중요하다는 것은 인류 역사에서 인간이 체험으로 알게 된 사실 아닌가.

양반과 천민의 구별이 없고 귀족과 평민의 구분이 없는 사회가 된 지 오랜데 무슨 소리냐고 할지 모르지만, 자본주의 사회에서 부와 권력을 가진 사람과 가지지 못한 사람 사이의 빈부 격차와 권력의 유무가 뚜렷하고, 그래서 이른바 신흥 양반 또는 신흥 귀족이라 해도 과언이 아닌 계층이 생겨났다는 사실을 많은 사람들이 의식하고 있다. 능력에 따라 얼마든지 신분 상승이 가능하고 부와 권력을 누릴 수 있는 길이 옛날처럼 닫혀 있지 않다 해도 부익부 빈익빈, 권익권 천익천의 악순환을 끊는 길이 말처럼 쉬운 일이 아니라는 것을 우리 사회는 보여 주고 있다.

우리 사회의 부패와 부정에 관한 소식이 언론을 통해 파헤쳐질 때면 권력을 가진 집안과 재벌 집안이 서로 혼인 관계로 맺어져 있는 것을 거듭 확인하게 된다. 재벌은 재벌대로, 재벌 2세는 재벌 2세대로 집단을 형성하면서 이 나라 최상층의 신흥 귀족이 되어 권력을 가진 집안과 끈을 맞대고 있는 모습에 위화감과 소외감을 느끼는 사람들이 얼마나 많은가.

일반 서민들에게는 막혀 있는 곳을 마음대로 통과하는 사람들이 존재하고, 문턱이 높아서 엄두도 못 내는 곳을 얼마든지 드나들 수 있는 사람들이 있고, 상식적으로 불가능한 일도 얼마든지 가능하게 만드는 계층이 존재한다. 일반인들에게는 올라가지 못할 나무 같아서 한 번 쳐다보고 다시는 돌아보지 않는 곳도 어떤 이들에게는 그 나무를 뽑았다 다시 심었다를 마음대로 할 수 있는 권한 밖의 힘까지 주는, 상식을 벗어난 일들이 아무렇지도 않다는 듯 일어나고 있다.

또한 그런 모순이 끈질기게 이어져 내려오고 있기 때문에라도 평등한 사회를 이루기 위한 노력이 소중한 것인데, 이런 가치가 앞으로 이 나라를 이끌어 갈 똑똑한 젊은이들에게 별로 큰 의미를 가지지 못한다는 점이 아쉽기 그지없다.

나아가 어떻게 우리 자식들, 제자들이 올바른 가치관을 갖도록 가르칠 것인가 고민하게 된다. 우리가 살면서 자식들과 제자들에게 가장 많이 강조하고 힘주어 말하는 것은 무엇일까. 오늘은 무슨 이야기를 주로 했으며 어떤 생각을 심어 주려고 애썼는가. 아니, 어른 된 사람으로서 내가 아이들에게 가장 많이 이야기해 주고자 하는 것은 무엇인가.

"열심히 공부해라. 그래야 고생 안 하고 편히 살 수 있다."

"힘들지? 그래도 참고 열심히 해라. 그러지 않으면 성공할 수 없다."

"너만 공부 잘하면 나는 더 바랄 게 없어. 너만 잘되면 나는 그걸로 그만이야."

이런 말 속에 들어 있는 간절함과 현실을 아무것도 아닌 양 무시해 버릴 수만은 없다. 아이들에게 현실을 무시한 이상론만을 심어 주어야 한다는 이야기를 하려는 것은 아니다. 안정된 직장 생활을 토대로 자기 자신의 의식주 문제를 해결하고 자신의 행복과 가정의 평안을 얻는 것 이상으로 가치 있고 의미 있는 일이 있다는 것도 함께 가르쳐야 하지 않을까 하는 것이다.

앞에서 조사 분석한 대학의 학생들 중 입학 성적이 높은 이른바 인기 학과 재학생들의 학교생활 만족도가 오히려 낮게 나타난 이유는 어디에 있을까. 단과 대학별로 보면 가장 높은 만족도를 보인 대학은 신학대학·음악대학·교육과학대학 순이었고, 법과대학·사회과학대학·이과대학·상경대학 학생들은 상대적으로 학교생활에 불만이 많은 것으로 드러났다. 학생들의 적성을 존중하며 학과를 선택하기보다 점수에 맞춰 원서를 낸 결과는 아닐까. 신학대학에 간 학생은 만족스러워하며 학교를 다니는데, 앞으로 판검사가 되어 권력을 손에 쥘 수 있는 법관의 길을 갈 학생들은 불만이 많은 이유는 어디에 있을까. 그 학생이 법대에 합격했을 때 선생님과 부모는 무척이나 기뻐했을 텐데 말이다.

신학대학을 간 학생이나 법과대학을 간 학생이니 모두 앞으로 삶의 길이 순탄하지만은 않을 것이다. 대학 과정을 어렵고 힘들게 마친 사람은 전도사·목사 안수를 거쳐 때가 되면 스스로 개척 교회를 끌어가야 할지 모른다. 어린 시절 자기가 다니던 그런 큰 교회를 이루려면 몇십 년이 걸릴지 모른다. 신학대학을 다니는 그 학생들도 자신들의 앞길이 편하지 않으리라는 사실을 알고 있을 것이다. 가진 것 없는 자기한테 위안을 얻으러 오는 병들고 외롭고 걱정 많고 불쌍한 사람들이 더 많으리라는 것 또한 알고 있을 것이다. 그러나 그런 사람들이라도 많기만 하다면 기쁘다고 생각할 것이다. 실제로 그 학생들은 지금 대개 만족스러운 대학 생활을 하고 있다고 한다.

법과대학에 간 학생도 법관이 되려면 피와 땀을 다 바쳐도 모자라는 고통스러운 자기와의 싸움 과정을 거쳐야 한다. 그나마 그 길에서 성공하는 사람이 있는가 하면 지쳐 떨어지는 사람은 또 얼마나 많은가. 그런 과정을 거친 뒤에 법관 옷을 입게 되면 늘 죄지은 사람들을 만나야 한다. 남의 것을 빼앗고 거짓말을 하고 사람을 죽이고 싸우고 사고를 치고, 그런 일들이 해결되지 않아 포승줄에 묶여 온 사람들과 만나야 한다. 시비를 바르게 가리고 잘잘못을 명백하게 파헤쳐 이 땅에 질서를 바로 세우고 정의를 지켜 나가는 일은 보람 있는 일임에 틀림없다.

그런데 왜 법과대학에 들어간 학생들은 불만족스러워하는 걸까. 자기가 하고 싶은 일을 하며 자기가 추구하고자 하는 행복한 삶과 거리가 있기 때문일까. 어른들이 바라는 삶의 조건과 자기가 가고자 하는 길이 같지 않아서일까. 사람마다 각각 이유가 다르기 때문에 꼭 한 가지로만 답할 수는 없겠지만, 분명한 것은 남들이 다 부러워하는 대학을 다니고 있으면서 정작 그 자신은 만족해하지 않는다는 점이다.

노래를 하며 사는 일도 그리 쉬운 삶은 아니지만 음악대학을 다니는 학생은 만족도가 높은데, 사회과학대나 이과대·상경대를 다니는 학생들은 만족도가 높지 않다. 명문대 인기 학과를 다니면서 어째 그럴까. 그리고 개인주의적인 행복을 추구하는 성향과 이런 조사 분석 자료의 통계는 어떤 연관이 있는 것일까.

법과대학을 가려는 학생에게 우리는 정의가 무엇인지 바르게 일깨워 주어야 한다. 법과 질서가 왜 추상같아야 하며, 그것을 바르게 지키려면 내가 무엇을 해야 하는지 분명한 목표를 세우게 해 주어야 한다. 그래서 그 일이 얼마나 소중하며 가치 있는 일인지 깨닫게 해 주어야 한다. 그 궁극의 가치를 이루기 위한 도구적 가치 속에 인내와 희생 정신과 대의를 위해 일하는 자세가 밑받침되어 있어야 한다는 생각을 갖도록 기르쳐서 법대에 보내야 한다. 그래서 사명감을 갖고 학교생활을 할 수 있도록 해 주어야 한다.

사회과학대학을 가려는 학생들에게는 사회를 위해 봉사하는 일의 의미가 무엇인지 알려 주어야 하며, 사회 단체에서 일하든 공직자가 되든 회사에서 일하든 공평무사하며 선공후사하는 태도로 살아야 사람답게 살 수 있는 세상이 된다는 것을 미리 알려 주어야 한다. 그래서 자기들이 하는 일이 이 사회를 위해 유익한 일이며 보람을 찾을 수 있는 일이라는 것을 알게 해 주어야 한다.

사회적 지위를 얻는 일보다 더 중요한 것은 얼마나 가치 있는 일을 하며 사는가라는 점을 알도록 가르쳐야 한다. 내가 그런 일을 하기 위해 이 대학에서 공부하는 것이라고 생각하기보다 점수에 맞추느라 이 학과에 들어오게 되었다고 느낀다면 학교생활이

만족스러울 리가 없다. 그렇게 해서 시작한 직장 생활이 행복할
리가 없다.

어차피 그럴 수밖에 없는 것이 인생이라고 생각하고 체념하면
개인의 행복을 추구하며 즐겁게 살다 가자는 식으로 생각할 수밖
에 없다. 젊은이들이 추구하는 개인주의와 물질주의를 탓하기 전
에 혹시 우리가 그런 생각을 갖게 한 것은 아닌가 생각해 본다.
이들이 대학생이 되기까지 가정과 학교와 사회가 그런 가치관을
갖도록 교육한 것일지도 모르기 때문이다.

이 세상에는 정말로 가치 있고 의미 있는 삶의 길이 많다. 사회
의 정의를 바로잡기 위해 사는 삶, 공동체의 행복을 위해 일하는
삶, 이웃에 대한 감사와 봉사로 사는 삶, 선에 대한 용기, 사회의
변화와 진보에 대한 믿음과 실천, 민족의 장래를 걱정하는 자세
등등 아직 이들이 젊고 때 묻지 않았기 때문에 생각하고 행동할
수 있는 소중한 가치들이 많다. 젊고 순수한 나이에 가졌던 이상
도 나이가 들면 흐트러지기 쉬운 게 인간인데, 요즘 젊은이들이
어려서부터 현실주의자가 되고 물질과 향락을 추구하며 개인주
의·가족주의에 바탕을 둔 평안만을 꿈꾼다면 이 사회가 어떻게
제대로 발전할 수 있겠는가.

어른들이 미리 포기하거나 체념해서 소시민으로 살아가는 길

만이 행복이 보장되는 삶이라고 아이들을 가르쳐서는 안 된다. 어리고 부족하고 걱정스러워 마음 놓을 수 없는 구석이 많은 게 자식이고 제자라 해도, 그들의 바로 그런 면이 아직도 무한한 가능성을 안고 있는 부분이다.

마하트마 간디는 어려서 겁이 많고 무서움을 많이 타며 소심한 성격이었다. 그가 불의와 폭력과 차별과 식민 지배에 맞서 싸우는 지도자가 될 수 있었던 것은 어려서 어머니에게서 받은 신앙심, 그리고 그 신앙을 통해 갖게 된 선에 대한 용기였다고 한다.

우리는 살면서 순간순간 선택하고 결정해야 할 때가 많다. 하루에도 몇 번씩 그런 순간과 맞닥뜨린다. 그때마다 우리는 행동의 판단 기준을 무엇으로 삼는가. 내 인생관·세계관이다. 그게 내 행동의 나침반이다.

아직 젊고 어릴수록 그런 가치관이 확고하게 서 있지 않다. 아이들이 매 순간 선택하고 판단해야 할 때 바르고 때 묻지 않고 부끄럽지 않은 선택을 할 수 있도록 하기 위해 우리는 오늘 그들에게 어떤 가치관을 전해 주고 있는가. 요령인가 가치 판단의 이중성인가 비겁해도 좋은 삶의 자세인가, 아니면 정도正道를 걷는 삶의 모습인가. 아이들의 삶의 태도와 가치관은 오랜 시간 쌓아 온 어른들의 생각과 행동의 반영 그 자체이다.

돈보다 더 소중한 가치

우리 아들녀석은 돈에 대해 좀 무딘 데 반해 딸아이는 조금 민감한 편이다. 어떤 때는 느닷없이 "아빠, 구두 닦아 드릴까요?" 하고 제안을 한다.

"구두? 응, 그래라. 근데 웬일이냐. 네가 구두를 다 닦아 주겠다니."

구두를 닦아 주겠다는 말이 신통해서 그러라고 했는데, 가만 보니 내가 구두를 오랫동안 닦지 않고 다니는 게 보기 안 좋아서 그러는 게 아니라 제 필요에 의해 닦아 주려는 것이다.

일주일에 한두 번 아버지 구두를 닦아 드려야겠다고 생각해서 규칙적으로 닦아 주는 게 아니라 그때그때 용돈이 필요할 때만 구두를 닦겠다고 나오는 것이다. 내 필요에 의해서가 아니라 제 필요 때문에 구두를 닦는 것이다.

나도 어려서 외가에서 학교를 다닐 때 비슷한 또래의 외사촌들과 함께 외삼촌과 형님들 구두를 닦아 드리곤 했다. 그때 처음으로 구두 닦는 법과 윤 내는 법을 자세히 배웠다. 다 쓴 칫솔로 흙을 털어 내고 솔질을 한 다음 구두약을 칠하고 구두약 뚜껑에 물을 담아 놓고 헝겊에 묻혀 가면서 광 내는 법을 하나씩 배웠고, 흙투성이 구두가 반짝이는 구두로 변해 가는 모습을 보며 일하는 만큼 신 나는 기분을 느꼈던 기억이 있다. 구두 닦느라 고생했다고 용돈을 주시면 고맙고, 안 주셔도 그것 때문에 서운한 적은 없었다. 서로 누가 광을 잘 내는지 그런 걸로 시끌벅적하게 떠들어 가며 구두 닦는 일이 재미있었다.

그런데 딸애는 구두 닦을 때가 되었건 아니건 제가 용돈이 필요해야 구두를 닦고, 구두 닦은 값을 꼬박꼬박 받아 간다. 한편으로 생각하면 그런 작은 일이라도 해서 제가 필요한 돈을 얻어 쓰겠다는 생각이 그냥 용돈을 달라는 것보다 나을 수는 있다. 그런데 하는 일의 의미에 좀 문제가 있다는 생각이다. 구두를 닦을 때 만약 아버지에 대한 감사의 마음이 들어 있고, 아버지는 그런 딸을 기특해하는 마음에 용돈을 선뜻 주고, 또 그것을 감사의 마음으로 받는 것이라면 얼마나 좋을까. 일을 중심으로 단순한 거래 관계만 있다면 그건 문제가 아닐까 싶다.

설날에 아이들이 세배를 하고 나면 세뱃돈을 준다. 명절이라 즐거운 마음으로 아이들에게 세뱃돈을 주며 어른들은 덕담을 한 마디씩 해 준다. 아버지 어머니가 할아버지 할머니께 세배를 드리고 무릎 꿇고 앉아 덕담을 듣는 모습을 아이들도 뒤에 서서 지켜본다. 그런데 이 녀석들의 주목적은 세뱃돈에 있다. 그것도 그 돈의 액수가 얼마냐 하는 것에 더 큰 관심이 있다. 덕담과 함께 주는 천 원짜리 새 돈(할아버지가 일부러 은행에 가서 바꿔 오신 새 돈)이나 이모가 주는 도서상품권 같은 뜻있는 선물보다는 멀리서 온 친척들이 주는 만 원짜리 몇 장에 입이 찢어진다.

"야, 넌 얼마 벌었냐?"라는 이야기가 거침없이 오간다. "세뱃돈을 칠만 원이나 받았다고? 세상에……" 이렇게 말할라치면 "아이고, 보람이는 십오만 원 벌었대요. 나는 아무것도 아니에요" 하고 입을 샐쭉거린다. 부족하다는 얘기다. 설이나 추석 명절 끝나기가 무섭게 학교에서 오가는 이야기는 대부분 너는 얼마 벌었냐 하는 것이라고 한다.

'얼마 벌었냐.' 아무리 생각해도 고개가 갸웃거려지는 말이다.

생일이면 부모님이 낳아 주신 은혜, 키워 주신 고마움, 그리고 생명의 소중함 등을 먼저 생각하는 게 아니라 친구들을 몇 명 불러다 어떻게 생일 파티를 할 것인가에 더 관심이 쏠려 있다. 몇 달 전부터 친구들에게 알려서 날짜를 확인시키고 초대할 인원을 정한다. 무얼 먹고 어떻게 놀 것인지 궁리하고, 친구들이 어떤 선물을 사 가지고 올지 생각한다. 생일잔치가 진행되는 동안 친구들이 사 온 선물을 하나씩 끌러 본다. 옛날에는 주는 사람이나 받는 사람 모두 서로 겸연쩍고 미안해서 그 자리에서 선물 꾸러미를 끄르지 않았던 것 같은데, 지금은 그 자리에서 바로 끌러 보는 게 당연한 일이 되었다. 여럿이 보는 데서 내용물을 하나씩 열어 보며 환호성을 지르고 "고마워" "축하해" 하고 떠드는 게 일반화되어 있다.

이런 생일잔치는 자연히 선물에 들어 있는 마음이나 정성보다는 얼마짜리 선물인가, 어떤 선물인가에 더 관심이 쏠릴 수밖에 없다. 선물을 사 가는 아이들도 그것이 공개되고 비교되리라는 점을 의식하게 될 것이다.

생일 선물 이야기를 하다가 어느 학부모에게서 들은 이야기인데, 아예 천 원짜리 석 장을 잘 포장해서 선물한 아이가 있었다고 한다. 그런데 더 놀라운 일은 그 아이가 그날 생일잔치에서 최고 인기였다는 것이다. 선물을 돈으로 대신하는 것이 오히려 멋있다고 박수를 받는 아이들의 생일잔치, 이건 아무리 생각해도 문제가 아닐 수 없다.

날이 갈수록 돈에 예민해지는 아이들. 돈으로 환산하고 돈으로 사고하고 가치 판단을 해 버리는 아이들. 요즘 아이들의 이런 모습을 보면 우리 가정, 우리 사회가 돈의 가치를 제대로 교육하지 못한 결과가 아닌가 하는 걱정이 든다.

아들과 함께 텔레비전을 보다 보면 "저 선수는 5억을 주고 다른 구단에서 스카우트해 왔는데 요즘 계속 헤매고 있어요" "저 투수는 연봉 3억 5천에 계약했는데 내리 다섯 번 졌어요" 따위의 이야기를 별 생각 없이 하는 걸 듣게 된다. 3억이니 5억이니 하는 돈은 보통 사람들이 한평생을 일해도 벌까 말까 하는 액수라는 생각을 하지 않는다. 인기 연예인이나 탤런트들이 잠깐 광고 모델로 나가 버는 돈이 으레 억대라는 사실을 아이들도 다 알고 있다. 십대 인기 가수가 음반 한 장만 히트하면 몇십억의 돈을 한순간에 벌어들인다는 것도 신문이나 방송을 통해 보고 들어서 알고 있다.

아이들 입에서 억 단위의 돈이 아무렇지도 않게 이야기된다. 저희들도 언제든지 가볍게 그런 돈을 벌 수 있다고 생각하는 건 아닌지 모르겠다. 돈은 반드시 일해서 버는 것이고, 돈의 가치에는 노동의 가치가 고스란히 배어 있어서 의미 있는 것이라는 말이 별 반향을 불러일으키지 못한다. 성실하게 노동하며 사는 삶의 의미와 가치를 별로 중요하게 여기지 않는 태도가 어려서부터 몸에 배지 않을까 걱정하지 않을 수 없다.

용돈의 많고 적음, 세뱃돈의 많고 적음, 선물의 값어치 유무, 이런 것을 중심으로 사고하는 아이들이 자라서 혹시 월급의 많고 적음으로 자기가 하는 일의 가치를 판단하는 사람이 된다면 어떻게 되겠는가. 자기가 그 직장에서 어떤 일을 어떻게 할 수 있는지, 그 일을 통해 삶의 보람을 느낄 수 있는지 여부보다 돈을 얼마나 벌 수 있는지만을 중심으로 직장을 고르려고 한다면 그런 사람을 누가 받아들이려 하겠는가. 아니, 그런 가치관을 가진 사람이라는 것 자체부터 얼마나 실망스러운 일인가.

요즘 우리 사회가 부패할 대로 부패해서 뇌물로 오가는 돈의 액수나 부정축재한 돈의 액수가 몇천억대의 천문학적인 숫자가 되다 보니 어른들의 머릿속에도 몇 억이라는 돈이 아주 하찮은 액수인 것처럼 이야기되고 있다. 그러면서 느끼는 심리적 공황은 엄청나게 크다.

제일 먼저 느끼는 것이 이렇게 하루하루 열심히 일하며 사는 게 도대체 무슨 의미가 있을까 하는 공허함이다. 그래도 열심히 일하면 일한 자리가 드러나고, 일한 결과에서 오는 뿌듯함에 자부심도 느꼈다. 책임 있게 성실히 일하며 사는 보람 같은 걸 느끼는 것 자체가 삶의 활력소였다. 그래서 그 대가로 받은 돈의 의미가 남모르게 뿌듯했는데, 그동안 이렇게 성실히 일하며 산 것이 바보 같은 짓은 아니었나 생각하게 된다. 일종의 허탈감 같은 걸 느낀다.

남들은 억 억 하며 억 단위의 돈을 쓰며 사는데 나는 이게 뭔가 하는 생각에 공연히 쓸쓸이도 헤퍼지고 자포자기의 마음도 들어 지금껏 견지해 온 자기 삶의 리듬이 무너지는 걸 경험하기도 한다. 어려서부터 몸에 밴 절약하는 생활 태도가 아이들에게는 찌질한 부모로 비치는 게 아닌가 하는 자괴감이 들기도 한다.

그래서 자식들에게 해 왔던 축소형 금전 교육을 풀고, 너희들만큼은 돈 앞에 쩨쩨하다는 소리 듣지 말고 살라는 마음에서 돈이 필요하다면 아무것도 묻지 않고 선뜻 주는 부모가 되기도 한다. 그러나 내가 이런 마음이니 너희도 내 마음 알겠지 하는 것은 부모의 생각일 뿐이다.

풍요 속에서 마음 내키는 대로 지출하며 사는 아이들에게는 그런 조건이 삶의 출발점인 것이다. 어릴 때부터 그렇게 살았으니 앞으로도 그런 식으로 소비하고 지출하며 사는 게 그들의 보편적인 소비 형태요 쓸쓸이의 기준이다.

"야, 내가 어렸을 때는 보리밥도 없어서 못 먹었어"라며 부모가 어쩌다 들려주는 이야기는 아이들에게 전혀 먹혀들지 않는다. 어른들로서는 어린 시절의 가난과 서러움, 눈물이 말마디마다 배어 있지만, 아이들에게는 아무런 감동도 주지 못한다. 가난했던 시절의 경험은 부모 세대의 체험이지 아이들이 함께 겪은 현실이 아니기 때문에 아이들은 그런 이야기를 별로 귀담아듣지 않는다. 게다가 자주 이야기하면 싫어하는 기색이 역력하다.

요즘 대학생들은 아르바이트를 많이 한다. 공부하면서도 틈틈이 시간을 내 학비를 벌고 하는 일은 대견하다. 제자 중에는 아르바이트해서 버는 돈으로 집안 살림까지 다 꾸려 가는 녀석이 있다. 학생들 가르치는 일 말고 식당이나 커피숍, 레스토랑이나 노래방, 주유소에서 일을 해 돈을 벌며 대학에 다니는 학생들도 무척 많다.

그런데 내가 놀란 것은 이들이 학비를 벌거나 가정 살림에 보탬이 되고자 아르바이트를 하는 게 아니라 자신을 가꾸고 치장하는 데 쓰기 위해 일을 한다는 점이다. 옷이나 신발을 사고 머리를 가꾸는 데 드는 돈을 벌어야 친구들 사이에 빠지지 않고 낄 수 있기 때문이라는 것이다.

여학생들 중에는 쉽게 돈을 벌 수 있는 길로 빠지는 녀석들도 있다고 한다. 물론 극소수겠지만 대학생이라는 것은 하나의 상표

일 뿐이고 그걸 미끼 삼아 쉽게 돈 벌고 편하게 사는 길을 선택하는 학생들이 있는 게 부인할 수 없는 현실이기도 하다. 대학생뿐만 아니라 중고등학교 다닐 아이들이 그런 길로 빠지고 있다는 것도 언론 보도를 통해 접하곤 한다. 그리고 그 아이들이 마이크 앞에서 "이렇게 편하게 사는 게 좋아요"라고 거침없이 쏟아 내는 모습을 보면 마음이 참 무거웠다.

쉽게 돈 벌 수 있는 길로 빠지는 아이들의 가장 큰 문제는 그 아이들이 다시는 어렵사리 일해서 돈 버는 길을 택하지 않는다는 데 있다. 이 세상에 어렵지 않은 일이 어디 있는가. 어렵게 일해서 일한 만큼의 대가를 받으며 살아가는 것이 정상인데, 쉽게 돈 버는 일에 한번 빠져 버리면 절대 어려운 일 하며 살려고 하지 않는다.

사람의 가치, 인생의 가치가 돈으로만 결정되는 게 아니라는 점을 어려서부터 바르게 일러 주어야 한다. 세상에는 돈을 주고도 살 수 없는 것이 있으며, 돈보다 훨씬 더 중요한 것이 있다는 사실을 일깨워 주어야 한다. 사람의 가치는 화폐의 교환가치 이상의 인격적 의미가 있고, 돈도 상품도 사람의 필요에 따라 만들어 쓰는 것이지 돈에 의해 사람의 가치가 매겨지고 만들어져서는 안 된다는 것을 알려 주어야 한다.

부모가 경제적으로 넉넉하지 않더라도 부끄럼 없이 당당하게 살아가는 모습을 보여 주면 아이들도 그런 삶의 모습을 이해하고 따라오게 된다. 오늘날 우리 사회가 생산하는 일보다 소비하는 모습이 더 멋있게 보이는 사회라 해도, 마음껏 소비하고 지출하는 삶을 살지 못한다 해서 비굴하거나 창피한 것이 아님을 부모가 보여 주고 가르치면 아이들은 부모를 따를 것이다.

각종 광고에 나오는 대로 사 달라고 조르고 재촉하고 떼 쓰는 아이들에게 우리가 원하는 모든 것을 다 손에 넣고 입고 쓰고 살 수는 없으며, 그것은 앞으로 어른이 되어 살아갈 때도 마찬가지라는 점을 인식시켜 주어야 한다. 세상에는 갖고 싶지만 안 되는 일도 있으며, 원한다고 모든 걸 다 돈으로 살 수만은 없다는 점도 가르쳐 주어야 한다. 안 되는 것이 있다는 사실을 깨우쳐 주는 것도 중요하다. 이 아이들이 나중에 어른이 되어서 살아갈 때도 그런 깨우침이 필요하다.

우리는 거창고등학교 '직업 선택의 십계'에 나오는 '월급이 적은 쪽을 택하라'는 가르침의 속뜻을 아이들에게 당당하게 전해 줄 수 있어야 한다. 우리가 자식들이나 제자들 앞에서 돈 때문에 비굴해지지 않고 돈 때문에 왜소해지지 않으며 떳떳하게 살아가는 모습을 보여 주면, 그 아이들도 부모나 선생님들을 본받아 돈으로만 인생의 가치를 따지지 않는 떳떳한 어른들로 자랄 것이다.

진짜 공부

학생들이 많이 듣는 말 중에 공부 열심히 하라는 말이 있다. 실제로 나도 학생들에게 이 말을 많이 한다. 학창 시절에는 열심히 공부해야 한다고 생각한다. 그러나 이 말만 강조하고 왜 열심히 해야 하는지를 설명해 주지 않으면 학생들은 공부가 힘겹고 부담스러우며 지겨운 일이라는 생각을 하게 된다.

우리가 열심히 공부해야 하는 이유는 뭘까.

어른들은 열심히 공부하지 않으면 좋은 대학에 갈 수 없고, 따라서 행복하게 살 수 없다고 강조한다. 좋은 직장과 사회적 지위와 명예를 구할 수 없고 좋은 배필을 만날 수도 없다고 이야기한다. 우리 사회의 구조가 그렇게 되어 있기도 하다. 학력 중심의 사회이며, 학력에 따라 사회적 지위와 경제적 지위가 결정되며, 사람 대접도 달라진다.

능력이나 사람 됨됨이를 중심에 놓고 평가하지 않는 이런 태도는 이성적이라 할 수 없다. 그래도 이게 현실이니 어쩌겠냐고 반문하는 것이 자식을 둔 대다수 부모들의 생각이다. 그래서 공부를 열심히 해야 한다는 이야기로 결론을 맺으려는 게 아니다. 나는 왜 공부를 열심히 해야 하는지에 대한 생각이 조금 다르다.

앞에서 말했듯이 사람이 사람답게 살기 위해서는 열심히 배워야 한다. 세상에 나가 사람 노릇을 하며 사는 데에는 여러 가지 필요한 것들이 있다. 사람들이 어떻게 살아왔는지를 배워야 하고, 사람들이 살아오는 동안 이룩한 문화와 역사를 알아야 하고, 이어받아야 할 지식과 기술이 있다. 나와 다른 많은 사람들과 함께 어울려 조화롭게 살아가기 위해 익혀야 할 것들이 있으며, 우리보다 앞서 산 사람들이 삶 속에서 터득한 지혜를 통해 배워야 할 것들도 있다. 그러면서 나는 앞으로 어떤 생각과 기술로 이보다 나은 삶을 살아 나갈 것인지를 끊임없이 고민해야 한다.

지금까지 살았던 많은 사람들도 늘 그런 고민을 하며 자신의 삶을 더욱 훌륭하게 발전시켜 왔으며, 그 속에서 인류는 진보해 왔다. 그러므로 자기 자신과 우리 모두와 역사의 발전을 위해서도 학창 시절에는 얼마든지 열심히 공부할 필요가 있다고 본다. 열심히 공부하는 것은 그만큼 가치 있는 일이다. 사람들이 무언

가를 이루고자 자기 일에 최선을 다하는 삶의 태도를 지니는 것
또한 중요한 일이다.

그러나 더욱 중요한 것은 선생님과 어른들의 가르침을 통해 어
떻게 사람답게 살아야 할 것인가를 배우는 일이다. 사람답게 사
는 길은 어떤 길인가. 어떻게 살아야 부끄럽지 않게 사는 것인가.
어떻게 사는 것이 우리 모두의 행복과 공동선을 실현하기 위한
바른 길인가. 이런 고민을 하며 해답을 찾고자 노력하고, 그 길로
가기 위해 애쓰면서 올바른 세계관을 갖는 일이야말로 가장 중요
하다 하겠다.

우리 주위에는 열심히 공부하여 사회적 지위와 경제적 부를 쌓
았으나, 바른 세계관을 갖지 못하여 도리어 이웃과 사회에 해를
끼치고 세상을 잘못 이끌어 가는 데 그 지식을 빌려 주는 사람들
이 많이 있다. 머릿속에 든 것은 많아도 사람이 되지 못한 탓에
권력을 가진 사람들을 위하여 일할 줄은 알지만 힘없고 약하고
어려운 사람들을 위해서는 용감할 줄 모르는 지식인들도 많다.

많이 배우고 아는 것이 많으며 학벌이 좋다 해서 모두 사람답
게 사는 것은 아니다. 일제 강점기에 나라를 팔아먹고 식민지 지
배자 일본 편에 서서 이 나라 민중의 고혈을 짜내는 데 앞장선 사
람들 중에도 배운 사람이 많았다. 똑같이 신학문을 배워 와서도

나라를 구하기 위해 생애를 다 바친 사람들이 있지만, 자기 자신의 부와 명예와 이익만을 위해 배운 것을 이용한 이들도 많았다. 많이 배우고 좋은 학교를 나오는 것보다 그 배움을 어떻게 쓰느냐가 더 중요한 일이다.

더욱이 오늘날의 교육 구조는 갈수록 경쟁이 치열해져 남을 이기지 않으면 내가 낙오하고 만다는 위기의식을 부추기고 있다. 그래서 자연히 친구나 동료들을 경쟁 상대로만 의식하고 개인주의와 이기주의가 만연해 있다. 이대로 가다가는 이 나라 젊은이들이 오직 나만 잘살면 된다는 생각에 젖어 자기 자신 외에 다른 것에는 눈 돌릴 줄 모르는 사람들로 전락하지 않을까 걱정이 앞선다. 함께 잘사는 사회를 위해 지녀야 할 공동체 의식이 우리 젊은이들에게 부족하다는 이야기를 어른들은 많이 한다.

몇 해 전 하버드 대학에 원서를 낸 한국인 학생 두 명이 있었다. 한 명은 체육대학에 원서를 냈고 다른 한 명은 의대에 원서를 냈다. 체대에 원서를 낸 학생은 합격했다. 어려서부터 매일 아침 두 시간씩 운동을 해 온 것을 보고 이런 학생은 체육인으로 살아가도록 공부를 시킬 필요가 있다고 보았다. 반대로 의대에 원서를 낸 학생은 받아들이지 않았다. 그때까지 한 번도 헌혈을 한 적이 없다는 것이 이유였다. 아픈 사람을 치료해 주며 살겠다고 하는 사람이 그 나이 되도록 남을 위해 피 한 방울 나누어 준 적이 없다면 의사가 될 자격이 없다는 것이었다. 오직 점수만으로 합격 여부를 결정짓는 우리 사회에서는 이해하기 힘든 면이 있겠지만, 하버드의 이러한 결정은 우리에게 시사하는 바가 크다.

마찬가지로 우리 학생들을 아침부터 밤늦게까지 책상 앞에만 붙잡아 놓고 오직 공부만 해라, 다른 것에는 신경 쓰지 말라고 하는 분위기도 젊은이들이 균형 잡힌 안목을 갖추며 성장하는 것을 방해한다. 공부에만 전념하게 하려는 뜻을 이해하지 못하는 바는 아니다. 그러나 사회에 나가 제대로 적응하며 살 수 있는 지식과 기술을 가르치기 위한 것이 공부라면, 우리가 처해 있는 사회의 여러 현상을 바르게 알고 깨우치도록 가르치는 것도 교육의 의무라고 생각한다.

서울대 면접시험 문제에는 사회와 문화에 관한 질문이 절반을 넘는다고 한다. 그다음 질문은 윤리·경제·정치·환경 순이라고 한다.

"올림픽에서는 자국 선수를 응원하는 게 정상인데, 자기 지역에 몰표를 주어 지지하는 지역감정에 대해 어떻게 생각하느냐?"

"잘못 설치된 신호등도 지켜야 하느냐?"

"생활 스포츠보다 관람 스포츠가 성행하는 이유는?"

"사형 제도는 존속해야 하느냐, 폐지해야 하느냐?"

이런 질문들이 나왔다고 한다.

우리가 극복해야 할 지역감정과 선거 형태, 잘못된 제도와 법은 지켜야 하는 것인지 바꾸기 위해 노력해야 하는 것인지, 스포츠 산업과 자본의 논리, 그리고 이른바 오빠부대가 보여 주는 사회 현상에 대한 해석, 사형 제도라든가 천부인권에 관한 문제 등은 교과서 공부만으로는 풀 수 없는 것들이다.

교과 적성 평가의 경우도 마찬가지였다. 철학과에서는 "너 자신을 알라는 의미가 무엇인가", 종교학과에서는 "종교와 철학은 같은가, 다른가", 인류학과에서는 "신세대의 특성은 무엇이라고 생각하는가" 등을 물었으며, 조경학과에서는 서울대 앞 광장에 대한 조경학적 견해를 물었고, 사회복지학과에서는 최고 소득층과 최저 소득층의 적정 격차에 대해 질문했다고 한다.

전공과 적성에 따라 학교를 선택하지 않고 아무 학과라도 좋으니 우리 학교 명예를 위해 오직 서울대라는 이름의 대학에만 가야 한다고 진로 지도를 하는 교사와 학부모들에게는 경종을 울리는 질문들이 아닐 수 없다. 학벌 지상주의가 아닌 학생들 개개인의 특성과 개성을 존중하고 키워 주는 교육이야말로 교육이 바르게 나아가는 첫 번째 길이다. 평상시 수업이 토의 수업으로 진행되어 언제 어떤 것이든 묻고 대답할 수 있는 열린 수업이 아니라 교과서 내용만 암기하는 박제화한 교육으로는 이런 질문에 제대로 대답할 수 없을 것이다.

일방적으로 지식을 주입시키는 수업 방식으로는 이런 질문에 대답할 수 있는 학생들을 길러 내기 힘들다. 어른들도 달라져야 하고, 학생들도 폭넓게 독서하고 쟁점이 되는 여러 사회 현상에 대해 그때그때 관심을 가지고 알아보려 해야 한다. 어차피 인간은 사회라는 물을 떠나 살 수 없는 물고기와 같은 존재이기 때문이다.

생각이 깊고 올바른 세계관을 갖고 있고 아는 것을 바르게 실천하는 사람이 되기 위해서는 학창 시절에 책을 많이 읽는 것처럼 좋은 것이 없다. 어른이 되기 위해 겪어야 하는 청소년기의 고통과 아픔과 방황, 그리고 그 과정에서 어른들은 어떻게 자기 삶의 길을 찾아갔는가 하는 것들이 책 속에 들어 있다. 스승 없는 시대에 우리가 진정으로 존경해야 할 사람들의 삶이 책 속에 들어 있고, 나와 다른 사람들의 삶의 이야기를 책을 통해 접할 수 있다. 세상 살아가는 이치를 책을 통해 깨우칠 수 있으며, 생활 속에서 생각하고 의문을 가지며 철학이 깊어 가게 하는 지혜가

책 속에 들어 있다. 또한 자연과 인간과 역사를 알고 아름다운 마음을 갖게 하는 글을 접할 수 있다.

책을 많이 읽는 것의 중요함을 모르는 사람은 없다. 책보다는 교과서와 참고서, 문제집에 묻혀 중고등학교 시절을 보내야 하는 학생들을 보면서 대부분의 어른들은 안타까워할 것이다. 책을 마음껏 읽을 수 있는 여건을 만들어 주지 못하는 어른들에게 더 책임이 있다는 걸 알지만, 어떻게든 좋은 책을 가려서 많이 읽기 위해 애쓰는 것도 중요하다. 그저 스트레스를 풀거나 시간을 때우기 위해 아무 책이나 읽어서는 안 된다. 그것은 몸에 이로운지 해로운지 구분하지도 않고 아무 음식이나 닥치는 대로 먹는 것과 마찬가지로 위험한 일이기 때문이다.

책을 읽고 깊이 생각하고 그것을 바르게 글로 표현하는 소양을 길러 주려고 논술 고사를 치르지만, 학교 현장에서는 논술 역시 또 하나의 입시 과목으로 전락하여 사회·문화·역사·환경·과학 등 각 분야의 출제 예상 문제를 뽑아내 외우고 있다는 이야기를 듣고 실망한 적이 있다. 단순히 암기하는 공부에서 벗어나 생각하고 읽고 쓸 줄 아는 교육으로 바꾸려는 노력이 전혀 통하지 않고 있어서다. 그래서야 어떻게 '어린 왕자'의 장미 길들이기와 인간 관계 형성에 대해 묻는 서울대 논술고사 문제에 자기 생각을 글로 써서 표현할 수 있겠는가.

지금 우리 사회는 주어진 지식을 외우기만 하는 단순한 머리를 원하지 않는다. 똑같은 것도 창의적으로 생각하려 애쓰고, 비판적으로 바라볼 줄 알며, 적극적으로 실천하는 능동적인 사람을 원한다. 주어진 것을 기계적으로 받아들이기만 하고 시키는 대로 일할 줄밖에 모르는 수동적인 사람은 원하지 않는다.

자동인형처럼 움직이는 평균 인간보다는 개성 있는 사람을 더 원한다. 지식이 많은 것은 중요하지 않다. 그 지식을 제대로 활용하고 창의적으로 재생산하는 일이 더 중요하다. 아무리 많은 지식을 암기한다 해도 컴퓨터보다 더 많이 저장해 놓을 수는 없지 않겠는가. 지식을 저장하는 일은 컴퓨터가 대신해 줄 수 있지만 그것을 마음껏 활용하는 일은 대신해 줄 수 없다. 그것은 우리 몫인 것이다.

청출어람靑出於藍이라는 말이 있다. 푸른빛은 쪽에서 나왔지만 쪽보다 더 푸르다는 뜻이다. 이 땅의 많은 청소년들이 지금의 어른들보다 더 푸르고 빛나며 개성 있고 창의적이며 지혜로운 사람들로 자라나야 하지 않겠는가. 그래서 열심히 공부해야 한다는 것이다. 사람답게 살아갈 수 있는 사람이 되기 위해 열심히 공부해야 한다는 것이다.

아이들에게 일깨워야 할 환경과 생명

"아빠, 이거 한 장만 복사해 주세요."

"이게 뭔데?"

"탐구 문제예요. 한 장은 선생님한테 내야 하고, 한 장은 갖고 있어야 해요."

딸아이가 내미는 종이에는 '탐구 문제 : 우리 밀 기르기'라는 제목의 삐뚤거리는 글씨들이 종이 아래쪽으로 가득 몰려 있었다. '탐구하게 된 까닭 : 우리 밀이 자라는 과정을 보며 내 손으로 기르고 싶어서' '알아보고 싶은 점 : 우리 밀은 다 자라면 어떤 모양이 되는지, 새싹 안에서 밀이 얼마만큼 나오는지 알고 싶다'는 내용도 쓰여 있다.

하루에 두 번씩 물을 주고 자라는 과정을 사진으로 찍어 두겠다는 계획이 얼마나 실천될지는 두고 볼 일이다.

어제는 어린이날이었다. 그 밑의 싹은 어린이날 행사에 참여했다가 받아 온 것이었다. 해마다 어린이날이면 지역에서 어린이날 큰 잔치 행사를 해 오고 있다. 이 행사를 처음 시작할 때 내가 제안한 게 하나 있었다. 아이들이 갖고 노는 전쟁 장난감을 가져오게 하여 다른 것으로 바꿔 주자는 것이었다.

아이들이 어려서부터 총 쏘는 흉내를 내고, 총 맞아 쓰러지는 장난에 희열을 느끼며 아무렇지도 않게 총을 갖고 노는 건 문제가 많다고 생각한다. 물론 아이들은 자기들이 본 것을 흉내 내는 것이다. 텔레비전이나 영화에서 본 장면들은 스릴 만점에다가 재미 또한 쏠쏠하며 주인공은 어떤 위험한 상황에서도 살아남지 않는가. 아이들은 아무리 총알이 빗발쳐도 조금 다치기만 할 뿐 결코 죽지 않으며 적에게 붙잡히거나 죽을 처지에 놓였다가도 반드시 누군가의 도움으로 빠져나오는 주인공과 자기를 동일시하며 영화를 본다.

현실에서는 그런 일들이 거의 불가능하며, 위기에 빠진 주인공이 땅바닥을 구르면서 방아쇠를 당길 때마다 추풍낙엽처럼 쓰러지는 수많은 엑스트라 가운데 하나가 현실이라고 보는 것이 더 정확할지 모른다. 권선징악이라는 주제를 실현하기 위해 주인공의 폭력을 정당화하는 장면 역시 얼마나 문제가 많은가. 자신의 정의를 위해 상대편 사람들은 수없이 살상해도 되는 이런 정당성은 결국 폭력 그 자체를 정당화하는 길로 빠지고 만다.

이런 여러 가지 이유로 나는 아이들이 전쟁 장난감을 가지고 노는 것에 반대해 왔다. 한 가지 이유가 더 있다. 한국전쟁 직후 태어나 전쟁의 폐허와 질병과 가난을 경험한 우리 세대의 어린 시절, 그래서 으레 전쟁놀이가 동네 아이들의 대단한 놀이였던 아름답지 않은 추억. 이제 이런 것들을 우리 자식 세대에는 물려주지 말아야 한다는, 전쟁 후유증에 대한 미움 때문이다.

그래서 어린이날 행사를 하면서 "아이들에게 장난감 무기를 갖고 놀게 하지 맙시다. 사람 죽이는 놀이를 하면서 노는 아이로 키우지 맙시다. 전쟁 장난감을 다른 것으로 바꿔 줍시다"라고 알리며 전쟁 장난감을 올챙이로 바꿔 주었다. 알에서 깨어난 지 얼마 안 된 어린 올챙이 몇 마리씩을 물 담은 종이컵에 넣어 주며 하나의 작은 생명체가 어떻게 자라서 한 마리의 개구리가 되는지 관찰하게 하자는 생각이었다.

마침 아이들 교과서에 올챙이 기르기가 공부할 내용으로 나와 있고, 그때만 되면 올챙이를 구해 오는 게 숙제라고 매달리는 아이들의 성화에 난감해하던 기억이 도시에 사는 아빠 엄마라면 한 번쯤은 있을 것이다. 올챙이 기를 때 주의할 점, 먹이로 줄 것, 물

갈아 주는 방법, 그리고 올챙이의 변화 과정을 보여 주는 그림 자료 한 장씩을 같이 나눠 주면서 올챙이를 잘 길러 보라고 어깨를 두드려 주었다. 총이나 탱크, 칼, 이런 것들을 들고 와 물컵에서 꼬물거리며 헤엄치는 올챙이를 신기하게 바라보는 아이들의 웃음 띤 얼굴이 얼마나 아름답던지.

그런데 생명을 죽여 없애는 놀이에서 생명이 얼마나 소중하고 신비로운 것인지를 알게 하는 관찰로 바꿔 주자는 우리의 의도가 조금은 성공했다는 증거가 엉뚱한 결과로 나타났다. 오후쯤 되자 전쟁 장난감이 없는 아이들이 성화를 대기 시작했다. 그러자 어느새 재빠르게 전쟁 장난감 장사가 나타났고, 아이들은 올챙이와 바꾸기 위해 전쟁 장난감 장사 앞에 말 그대로 장사진을 치며 몰려들었다. 지금껏 이 땅의 아이들을 이 지경으로 만든 어른들의 장삿속이 그 자리에서도 보란 듯이 코 묻은 돈을 받아 가고 있었던 것이다.

또 한 가지는 아파트에서 올챙이를 기르면서 나타난 문제점이었다. 아이들은 뒷다리가 나오고 꼬리가 줄어들고 개구리의 모습을 갖춰 가는 신기한 관찰을 통해 매일매일 많은 것을 배우긴 했지만, 올챙이들은 생각만큼 그렇게 활기차지 않았다. 대야에 물을 붓고 거기에 물풀도 구해다 넣고 물속에서 나와 쉴 수 있는 돌멩이도 넣어 주고 먹이도 주고 했지만 죽어 가는 올챙이가 여러 마리 나왔다.

아이들은 올챙이가 한 마리씩 죽어 갈 때마다 발을 동동 굴렀다. 물 때문이라고 생각되었다. 물론 수돗물을 받아서 금방 갈아 주지 않고 얼마 동안 가라앉혔다 주었지만 역시 수돗물은 수돗물이었다. 올챙이가 자랄 물은 수돗물이 아니었다. 또한 올챙이가 자랄 곳은 아파트 베란다가 아니었다. 살아 있는 나머지 올챙이들을 아이들과 함께 논에다 도로 풀어 놓고 오면서 올챙이 한 마리도 다 제가 살 수 있는 제 환경이 있구나 하는 생각이 들었다. 농약 섞인 물속이니 거기라고 안전하기만 할까마는, 어쨌든 진흙과 물풀과 그늘과 먹이와 헤엄칠 수 있는 공간이 있으니 아파트보다는 낫지 않을까 싶었다.

그래서 올해 어린이날에는 우리 밀 싹으로 바꿔 주고자 한 것이다. 밀 씨앗을 발아시켜 종이컵에 하나씩 흙과 함께 담아서 아이들에게 나누어 주었다. 그랬더니 딸아이는 그걸 받아 들고 온 바로 그날 저녁에 관찰 계획서를 만든 것이다. 마침 무엇이든 좋으니 관찰 계획서 하나씩을 내라는 숙제가 있었던 모양이다. 우리 밀 싹은 지난해와 지지난해에 올챙이를 나누어 줄 때보다 인기는 적었다. 살아 움직이는 생명체와 정지해 있는 식물을 바라보는 아이들의 관심의 차이이기도 한 것 같다.

이 시대 아이들은 자극적인 것에 너무도 길들여져 있다. 보는 것도 그렇고 먹는 것, 듣는 것 모두가 그렇다. 어린이들에게 되찾아 주고 이어 주어야 할 우리 입맛이 있다는 생각에 우리 밀로 만든 국수, 우리 밀 만두, 우리 밀 라면, 인절미 등을 차린 음식 장터를 마련했는데, 엄마 아빠와 함께 먹어 보면서 썩 입맛에 맞아하지 않는 표정이었다. 저녁때 돈가스나 피자를 사 주겠다는 전제 조건을 달아서 한 끼 때우는 가족도 눈에 많이 띄었다. 수입 농산물과 우리 고유의 토종 농산물을 비교해 보는 자리도 마련했지만, 식생활 자체가 너무도 달라져서 그냥 눈으로 보고 고개를 끄덕이는 정도지 피부에 와 닿는 어떤 것을 느끼고 생각을 고치는 자리는 못 되었던 것 같다.

비디오를 시청하는 자리에서도 마찬가지 현상이 나타났다. 중국 본토의 만화영화 중에 어린 물고기가 엄마를 찾아가는 내용의 비디오가 있는데, 장면 장면마다 한 폭의 아름다운 동양화를 보는 듯해 감탄한 적이 있다. 그래서 아이들에게 보여 줬는데 아이들은 시시하다는 표정이 역력했다. 이미 많이 보아 온 미국식 만화영화, 일본식 만화영화나 텔레비전 프로그램처럼 자극적이지도 않고, 흥미진진한 박진감과 쫓고 쫓기는 스릴과 해학, 상대방을 보기 좋게 골탕 먹이는 과장된 액션과 흥미 위주로 진행되지 않는 화면을 아이들은 따분해하는 것이었다.

운동장 한가운데에는 비석치기, 고무줄, 딱지치기, 굴렁쇠, 돼지씨름, 바람개비 돌리기, 투호, 제기차기, 구슬치기 등등의 전래 놀이를 마련하여 아이들이 직접 참여하고 즐겁게 뛰노는 어린이날로 만들고자 했고, 놀이장마다 지도하고 함께 놀아 줄 교육대 예비 교사 학생들을 배치했다. 즐겁게 참여하고 함께 뛰노는 아이와 부모들도 있었지만, 아파트 공간에 갇혀 지내는 동안 혼자 시간을 보내고 전자오락에 길들여진 아이들은 놀이의 한복판으로 나오려 하지 않고 가만히 앉아서 구경하거나 겉돌았다. 다른 곳에서 이루어지고 있는 군인들의 시범 행사, 총을 갖고 하는 의장대의 묘기, 공수부대 군인들의 고공 낙하 시범, 태권도 격파 시범 따위가 눈에 계속 아른거리는 아이들도 많은 것 같았다.

선생님들이 일요일에 직접 산과 들로 나가 들꽃을 캐 오고 거기에 이름과 함께 꽃에 관한 설명을 붙이고 해서 마련한 들꽃 전시회도 있었다. 온실과 꽃집에서 크는 화려한 꽃이 아닌 민들레·제비꽃·꽃다지·냉이꽃 등 우리 꽃들이 얼마나 아름다운지, 이런 꽃 한 송이 한 송이가 우리에게 얼마나 소중한지를 확인시켜 주고 싶었는데 어린이들보다 어른들이 더 관심을 갖고 보았다.

이 행사를 주관한 전교조 선생님들과 한살림 식구들, 한겨레 가족 모임, 우리밀살리기 운동본부, 푸른 환경을 지키는 시민 모임, 여성민우회, 어린이집, 그리고 교육대학 예비 교사 학생들 모두 기쁜 마음으로 준비하고 뿌듯하게 일을 치러 내면서도 어딘가 한구석 아직도 다 채워지지 않는 부분이 있음을 부인할 수 없었다.

그것은 바로 아이들이 아직 익숙해하지 않는다는 것이다. 아이들은 이미 다른 환경에서 자라고 있는 것이다. 아파트 수돗물 속에서 죽지 않고 살아 있는 올챙이들처럼 아이들은 본래 제가 자라야 할 환경이 아닌 다른 환경에 적응하며 체질이 달라져 가고 있는 것이다. 우리가 환경 운동과 생명 운동에 관심을 갖고 이런 일에 나서는 것은 따지고 보면 지금 우리가 사람답게 살아야 할 환경을 되찾기 위한 일 가운데 하나다. 나아가 우리 아이들에게 인간답게 살 수 있는 환경을 물려주지 못하면 우리는 공멸한다는 안타까움 때문인데, 너무도 많은 것이 달라져 버린 환경 속에 우리 아이들이 방치되어 있다.

우리 아이들 입으로 들어가는 먹을거리가 그렇고, 우리 아이들 눈에 보이는 것이 그렇고, 우리 아이들이 듣는 노랫가락이 그렇다. 우리 아이들이 생각하는 것이 그렇고, 사는 것이 그렇다. 문화 자체가 아이들을 살리는 문화가 아니라 아이들의 생명을 죽이는 문화로 범벅이 되어 있다. 생명 하나하나를 소중히 여기고 아끼고 보호할 줄 알도록 키우는 것이 아니라, 짓밟고 파괴하고 죽여 없애는 것에 너무도 익숙해지도록 키우고 있다. 이런 환경을 어른들이 만들어 놓고 어떻게 아이들만 잘 자라기를 바랄 수 있겠는가.

나는 기성세대가 만들어 놓은 이런 삶의 환경 때문에 반드시 우리 어른들이 그 화를 고스란히 돌려받는 날이 오리라는 생각을 많이 한다. 사실 확신한다는 표현을 쓰고 싶지만 차마 쓰지 못하겠다. 그것은 그런 위기의식을 느끼고 오늘도 사람답게 살 수 있는 환경을 만들기 위해 애쓰는 소수의 사람들에 대한 마지막 기대 때문이기도 하다.

우리가 환경 운동을 하면서 잊지 말아야 할 것 가운데 하나는 자연환경 그 자체에만 매달리지 말고, 사람들이 만들어 놓은 인위적인 환경 속에 삶의 주체인 인간, 특히 우리 아이들이 어떻게 달라져 가고 있는지를 확인하면서 생활 속의 환경 운동으로도 눈을 돌려야 한다는 것이다. 자연환경을 사람이 살 수 있는 환경으로 바꾸어 놓는다 해도, 이미 비인간적인 의식주 생활 문화에 길들여져 새로운 삶의 조건을 향한 자각마저 없이 부패한 환경에 익숙한 인간들로 다음 세대가 채워진다면 그것은 자연 파괴 이상으로 엄청난 인간 환경의 파괴일 것이기 때문이다.

누가 더 문제인가

어릴 때는 아버지의 큰 목소리와 호통치며 화를 내는 모습과 억압과 명령과 규제하는 말들이 싫더니, 어른이 되어서는 시키는 대로 안 하고 내가 좋아하지 않는 것만 하는 자식놈이 영 맘에 들지 않는다.

청년 시절 책 읽기를 좋아하고 골방에 틀어박혀 무언가를 쓰고 생각하느라 혼자 있는 시간이 많았던 나를 암사내 같다고 싫어하면서 툭하면 육사를 보내든지 공업 계통 학교로 보낼걸 그랬다고 후회하시는 아버지가 싫었다. 그런데 나 역시 컴퓨터나 텔레비전 앞에만 붙어 앉아 있고 스포츠 뉴스나 신문의 스포츠란만 들여다보는 자식놈을 볼 때마다 은근히 부아가 치민다.

새벽부터 일어나 일하러 나가시는 아버지는 밤늦게까지 책 읽고 글 쓰느라 아침에 일찍 일어나지 못하던 나를 자연의 순리에 맞추어 해 지면 자고 해 뜨면 일어나는 생활을 하지 않는다고 얼마나 나무라셨는지 모른다. 그런데 나도 방학이면 해가 중천에 뜨도록 일어나지 않고 잠만 퍼질러 자는 아들을 보면서 도대체 뭐가 되려고 저러는지 알 수 없다는 생각에 속이 상할 때가 많다.

다른 집 애들은 부모들이 별 힘 안 들이고 잘도 키우는 것 같은데 우리 집은 왜 이러는지, 왜 이렇게 자식복이 없는지 모르겠다는 생각이 들 때도 있다.

나는 어려서 참고서 한 권 살 돈이 없어 교과서만 갖고 시험 공부를 해야 했다. 시험 끝나자마자 친구들이 이 문제집에서 나왔다, 저 참고서에서 더 많이 나왔다 이야기할 때마다 나도 참고서가 있으면 점수를 많이 올릴 텐데 하며 얼마나 마음이 아팠는지 모른다. 그래서 학기 초만 되면 아이들을 책방에 데리고 가서 참고서와 문제집을 과목별로 전부 사 주거나 참고서 살 돈을 준다. 그런데도 시험 때면 시간에 쫓겨 그 문제집을 다 풀지 못하고 대충 훑어보다 마는 우리 아이들이 영 못마땅하다.

참다못해 한번은 "너도 뭐 한 가지는 잘하는 게 있어야 할 게 아니냐? 그리고 그러기 위해 노력해야지, 노력하지 않고 무얼 이룰 수 있다고 생각하니? 도대체 무얼 하려고 들기를 하나, 의욕이 있나, 열의가 있나, 뭐가 되려고 그러는 거냐?"며 퍼부어 댔다.

그랬더니 아들녀석이 "아니, 왜 그렇게 심하게 말씀하세요. 어떻게 의욕이 없다 뭐가 없다 말씀하실 수 있어요?" 하면서 말을 끊는다.

신문의 스포츠 섹션은 매일 보고 시험 기간에도 스포츠 뉴스만은 꼭 보기 때문에 학교에서 스포츠와 관련해서는 자기가 최고 전문가란다. 친구들이 스포츠 분야에서 모르는 게 있으면 자기한테 와서 묻는다고 한다.

"그렇게 스포츠에만 집착하다 나중에 커서 뭐가 될래?" 하고 물으면 언론 분야에서 일하고 싶다고 한다. 말하자면 스포츠 관련 기자나 해설자가 될 수도 있는 게 아니냐는 표정이다. 그래도 썩 맘에 들지는 않는다. 적어도 내가 살아온 삶과 비교해 보면 어떤 분야의 일을 하든 책을 제대로 읽지 않으면 사람이 깊이가 없고, 또 그 분야에서 남다른 창의력을 발휘할 수 없다고 덧붙이게 된다.

그런데 곰곰 생각해 보니 이 녀석이 이렇게 스포츠를 좋아하는 데에는 이유가 있는 것 같다. 아들녀석이 아주 어릴 때 테니스공을 손에 쥐여 주며 야구를 가르친 건 바로 나다. 공이 담장을 넘어가거나 과수원으로 날아가면 환호하며 공을 찾으러 함께 풀숲을 헤치며 다닌 것도 나고, 마당에서 공 차는 법을 가르친 것도 나다.

아파트로 이사 와서는 방 안에서 축구나 농구를 하다 아래층 사람들의 항의를 받은 게 한두 번이 아니었고, 심지어는 방에서 공차기를 하다 아이의 다리를 밟는 바람에 병원에 업고 간 적도 있었다. 그래서인가, 아들녀석은 지금 고등학생인데도 잘 때면 공을 끌어안고 잔다.

그런데 다른 친구들보다 신체 성장 속도가 느려서 운동장에서 공을 차다 보면 신체 조건 때문에 자꾸 밀리다 보니 직접 몸으로 부딪치는 일보다 스포츠 소식과 스포츠인들에 대한 관심으로 좋아하는 방향이 바뀐 것 같다.

아들녀석은 변한 게 없는데 중고등학교 과정을 거치면서 내 욕심, 내 관심의 방향이 달라진 것이다. 그러면서 맘에 안 드는 부분만 눈에 들어와 공연히 갈등과 대립을 만들어 왔던 건 아닌가 하는 생각이 들었다.

아이는 그대로인데 내가 변한 것이다. 내 요구, 내 기대치가 알게 모르게 달라지면서 조바심도 나고, 안 그런다고 하면서도 다른 집 아이들과 은근히 비교도 하며 속이 상했던 것이다. 아이는 결국 제가 좋아하는 일, 하고 싶어 하는 일을 하며 살 텐데 나는 내가 시키고 싶은 일을 하며 살기를 바라는 마음이 생겼던 것이다. 문제는 내 욕심, 내 기대에 있었던 게 아닌가 싶다.

이상협이라는 젊은이가 있다.

1979년생인 이 친구는 고등학교 3학년 때 학교 성적이 체육 하나만 '양'이고 나머지 과목은 모두 '가'였다. 초등학교 4학년 때 어머니가 컴퓨터를 사 주었는데 그때부터 하루 종일 컴퓨터 앞에만 있어 부모 속을 많이 썩였다. 혹시 자폐아가 아닌가 걱정한 적도 있었다고 한다.

밤새도록 컴퓨터 프로그래밍하는 것으로 시간을 보내니까 낮에 학교 가면 졸기 일쑤였고 그러지 않으면 책을 읽었다. 서점에 나와 있는 컴퓨터 책은 모두 봤고 철학책과 역사책도 많이 봤다. 도서실에 열 시간 있으면 아홉 시간은 잡지만 보기도 했다. 성적이 원래 나쁜 것은 아니었다. 중간 정도는 했었다. 10등 안에 들지 않으면 안 돌려준다며 어머니가 컴퓨터를 빼앗아 갔을 때는 순전히 컴퓨터를 돌려받으려는 목적으로 공부해 10등 안에 든 적도 있다.

억지로 하는 학교 공부가 싫었던지 학교에만 가면 위염에 두통, 알레르기 같은 질병을 앓았고 숨을 쉬면 피 냄새가 올라오기도 했다. 그런 증상들은 학교를 졸업하자 신기하게도 모두 사라졌다.

그는 고교 2학년 때 그림과 음악이 함께 들어간 전자우편을 생각하다가 멀티미디어 저작 도구 프로그램인 칵테일 97이라는 소프트웨어를 개발했다. 미국 마이크로소프트 사가 만든 파워포인트나 툴북 등은 전문가용이라 일반 가정에서는 잘 쓰지 않지만, 칵테일 97은 초등학생·중학생들도 집에서 재미있게 쓸 수 있도록 만들어졌다. 컴퓨터 학원에서 파워포인트나 툴북·디렉터를 배우려면 여러 주일이 걸리지만 칵테일은 30분이면 배운다. 게다가 값은 외국 프로그램보다 열 배 가까이 싸다.

칵테일은 국내에서 상이란 상은 모두 휩쓸었다. 1995년부터 3년 연속 정보통신부장관 대상을 받았으며, 1997년에는 한국과학기술원KAIST의 우수 아이템으로 선정됐다. 또 과학기술처가 주는 장영실상을 비롯해 국내 최초로 개발된 제품에만 부여하는 'KT' 마크를 획득했고, 신한국인 대상도 받았다.

그가 세운 화이트미디어 사는 소프트웨어 유통업체인 코아스 사와 15억 원어치의 판권 계약을 맺었고, 해외 판매를 통해 1500억 원의 수익을 올릴 것이라는 기사를 읽은 적이 있다.

이렇게 말하면 이상협 군이 학교 공부는 못했지만 개성이 강하고 성격이 외곬이거나 천재일 거라고 생각하는 사람도 있을 것이다. 그러나 그는 의외로 평범해서, "저는 컴퓨터밖에 몰라요. 다른 부분은 돌에 가까워요"라고 말한다.

생활도 단순하고 성실하다. 밤새도록 일하고 새벽 6시쯤 잠을 잔 뒤 아침 10시 30분쯤 일어난다. 근처 식당에서 아침 겸 점심을 배달시켜 먹고 목욕을 한 뒤, 11시 30분경부터 또 일을 시작한다. 그는 노는 것보다 일하는 게 훨씬 즐겁다고 한다.

술 담배도 안 하고 사치를 부리지도 않는다. 직원을 뽑을 때도 학벌은 보지 않고 기술력과 마음을 특히 주목해서 본다. 중학교 때 측정한 지능지수는 145였지만 암기력이 꽝(?)이어서 그저 중간 정도의 성적밖에 내지 못하던 이 친구는 전국 퍼스널컴퓨터경진대회에서 대상을 받은 덕택에 과기대 특례 입학 자격이 주어졌다. 그렇지만 그는 가지 않았다. 굳이 대학에 가야 할 이유가 없다고 생각해서다. 대학에서 배울 게 없다고 생각하지는 않지만 지금 하고 있는 일에 4년간 더 매달리면 그 이상을 얻어 낼 자신감 같은 게 있기 때문이었다.

이상협 군을 떠올릴 때마다 나는 그의 어머니 아버지가 자식이 학교에서 꼴찌를 할 때 어떤 심정이었을까 생각해 본다. 보통 부모들은 자식 성적이 조금만 떨어져도 안달이 나고 과목마다 비교해 가며 닦달을 하는데 여러 해 동안 얼마나 힘들었을까. 밖에도 나가지 않고 자폐증에 걸린 사람처럼 방에만 틀어박혀 있을 때 얼마나 고민이 많았을까. 제도 교육의 틀에 적응하지 못해 그게 병이 되어 이 병원 저 병원 찾아다닐 때는 얼마나 불안했을까.

그걸 참다못해 컴퓨터를 빼앗고 입시 학원으로 내몰았다면 이상협 군은 재수 삼수를 하며 학원에 앉아 있거나, 취업을 했다면 직장 생활에 잘 적응하지 못하고 겉도는 무능한 샐러리맨이 되었을지도 모른다. 그의 부모와 나 자신을 비교해 보면 내가 얼마나 참을성이 없고 소심한지 부끄러워지곤 한다.

그동안 이상협 군이 많은 상을 받았다거나 앞으로 엄청난 돈을 벌 거라는 것보다 더 중요한 사실은 자기가 좋아하는 일을 하면서 살고 있다는 것이고, 그래서 노는 것보다 일하는 것이 훨씬 즐겁다고 생각하며 살고 있다는 점이다. 또한 그렇게 자기 일로 성공할 때까지 참고 기다리며 도와준 어머니의 자식에 대한 믿음과 사랑에 절로 고개가 숙여진다.

그런 날은 다이애나 루먼스의 시가 어쩌면 그렇게 마음에 쏙쏙 와 닿는지…….

만일 내가 다시 아이를 키운다면
먼저 아이의 자존심을 세워 주고

집은 나중에 세우리라.

아이와 함께 손가락 그림을 더 많이 그리고
손가락으로 명령하는 일은 덜 하리라.

아이를 바로잡으려고 덜 노력하고
아이와 하나가 되려고 더 많이 노력하리라.
시계에서 눈을 떼고 눈으로 아이를 더 많이 바라보리라.

만일 내가 다시 아이를 키운다면
더 많이 아는 데 관심 갖지 않고
더 많이 관심 갖는 법을 배우리라.

자전거도 더 많이 타고 연도 더 많이 날리리라.
들판을 더 많이 뛰어다니고 별들도 더 오래 바라보리라.

더 많이 껴안고 더 적게 다투리라.
도토리 속의 떡갈나무를 더 자주 보리라.

덜 단호하고 더 많이 긍정하리라.

힘을 사랑하는 사람으로 보이지 않고

사랑의 힘을 가진 사람으로 보이리라.

— 다이애나 루먼스, 「만일 내가 다시 아이를 키운다면」 전문

새의 사랑

나뭇가지 위에 지은 제 둥지에 앉아

처연히 비를 맞고 있는 새를 본 적이 있습니다

새끼들이 비에 젖을세라 두 날개로 꼭 품어 안고

저는 쏟아지는 비를 다 맞고 있었습니다

새들도 저렇게 새끼를 키우는구나 생각하니

숙연해졌습니다 그러나 그걸로 어미 새의 사랑을

다 안다고 생각한 건 잘못이었습니다

나는 법을 가르쳐야 할 때가 오자

한 발 이상 떨어진 옆 나무에 벌레를 물고 앉아

새끼들이 제 힘으로 날아올 때까지 기다리고 있었습니다

노란빛 다 가시지 않은 부리를 있는 대로 벌리며

울어 대도 스스로 날아올 때까지

어미는 숲 어딘가를 바라보며 앉아 있었습니다

아직 덜 자란 날개를 파닥이다

파닥이며 떨어지다 한 마리가 날아올라 오자

한없이 기쁜 표정으로 먹이를 얼른

새끼 입에 넣어 주는 거였습니다

그러나 그걸로 새끼를 기르는 어미 새의 사랑을

다 안다고 생각한 건 잘못이었습니다

새끼들이 스스로 먹이를 구할 만큼 자라고

숲 그늘도 깊어 가자 어미 새는 지금까지 보여 준

숲과 하늘보다 더 먼 곳으로 새끼들을

멀리멀리 떠나보내는 거였습니다

어미 주위를 맴돌며 머뭇거리는 새들에게

냉정하다 싶을 정도로

정을 접는 표정을 보이는 거였습니다

사람이나 새나 새끼들을 곁에 두고 사랑하고픈 건

본능일 텐데 등을 밀어 보내고

돌아서는 거였습니다 눈물도 보이지 않고

아프다는 말 한 마디 하지 않고

— 졸시, 「새의 사랑」 전문

새끼를 기르는 새의 모습을 보고 쓴 시다. 산문시처럼 썼기 때문에 사실 별다른 설명이 필요 없는 시다. 댓줄기 같은 빗발이 진종일 쏟아지는 날이었다. 어미 새는 새끼들이 젖을세라 두 날개로 폭 싸안고 둥지에 앉아서 쏟아지는 빗줄기를 온몸으로 다 맞고 있었다. 그러잖아도 비가 오면 새들은 어디서 비를 피할까 그게 궁금했다.

정호승 시인은 「새들은 지붕을 짓지 않는다」라는 시에서 "잠이 든 채로 그대로 눈을 맞기 위하여 / 잠이 들었다가도 별들을 바라보기 위하여 / 외롭게 떨어지는 별똥별들을 위하여 / 그 별똥별을 들여다보고 싶어 하는 어린 나뭇가지들을 위하여……. / 가끔은 외로운 낮달도 쉬어가게 하고 / 가끔은 민들레 홀씨도 쉬어가게 하고 / 가끔은 인간을 위해 우시는 하느님의 눈물도 받아" 두기 위하여 새집에는 지붕이 없는 거라고 했다.

물론 시인이 생각한 이유다. 새의 처지나 생존 문제라는 관점에서 보기보다는 문학적이고 낭만적인 관점에서 새의 둥지를 바라본 것이다. 나도 자유로운 새의 모습을 단순히 동경하면서 바라본 적이 없는 것은 아니다. 그러나 비가 오면 어디서 비를 긋는지, 태풍이 몰아치면 어떻게 그 바람을 다 피해 몸을 지키는지, 불같이 뜨거운 햇살이 내리쬘 때는 둥지에서 어떻게 그 햇살을 피하는지, 그런 게 궁금했었다. 그러나 새끼를 위해 진종일 제가 대신 비를 맞고 있는 새의 모습을 보면서 처연하다는 생각이 들었다.

아, 새들도 저렇게 새끼를 키우는구나 하는 생각에 잠시 숙연해졌다. 사람이나 짐승이나 새끼를 키울 때는 저렇게 되는구나 생각했다. 본능적으로 제 몸을 던져 새끼를 지키는구나, 새끼에 대한 어미의 사랑이라는 게 저런 본능적인 데가 있는 거구나 생각했다.

비가 그치고 나뭇잎이 점점 더 푸르러지며 몇 달이 지나 새끼들도 몸이 자라나자, 하루는 어미 새가 매일 잡아다 먹여 주던 벌레 한 마리를 입에 물고 옆의 나무에 가만히 앉아 있는 거였다. 둥지에서 어미 새를 기다리던 새끼들은 어미 새가 둥지로 오다 말고 그 맛있는 벌레를 입에 문 채 옆 나뭇가지에 가 있으니 난리가 났다. 노란 부리를 있는 대로 다 벌리고 어미를 향해 일제히 소리치기 시작했다. 먹이를 달라는 외침이었다. 그런데 어미는 벌레를 입에 물고 숲 어딘가를 바라보며 모른 체하고 앉아 있기만 했다.

참다못한 새끼 한 마리가 앙증맞은 날개를 파닥이며 어미 새 있는 쪽으로 몸을 일으켜 몇 번을 위로 향하려다 주저앉곤 하였다. 어미 새는 새끼들의 그런 몸짓을 보고 울부짖는 소리를 들으면서 분명 저도 몸이 달았을 텐데 계속 다른 곳만 쳐다보고 있었다. 그러다 그중에서 다른 녀석들보다 몸집이 조금 큰 새끼 한 마리가 어미 있는 데까지 날아올라 오자, 아주 기쁜 표정으로 입에 물고 있던 벌레를 얼른 새끼 입속에 넣어 주는 거였다. 그렇게 두 번째 새끼 새가 날아오르고 세 번째 새끼 새까지 날아오를 수 있게 먹이를 입에 물고 가르치는 거였다.

아, 새들도 저렇게 새끼를 기르는구나 생각하니 저절로 고개가 끄덕여졌다. 스스로 나는 법을 배워야 세상을 살아갈 수 있는 거라고, 먹이가 있는 곳까지 너 스스로 날아올라 가야 한다고, 먹이를 찾기 위해 하늘로 날아오르는 동안 너는 정말로 크고 넓은 세상과 만날 수 있다고 말없이 가르치는 그 모습이 갸륵하게 느껴졌다.

한편으로는 좀 가혹하다 싶을 정도의 방법을 써서라도 새끼들에게 나는 법을 가르쳐야겠다는 어미 새의 결심은, 어쩌면 새끼에 대한 사랑이 그저 본능적으로 보호하고 감싸서 키우는 데 그쳐서는 안 된다는 걸 우리에게 말하는 듯했다. 아직 어리고 가엾다는 생각에 애지중지 키우는 일만이 능사가 아니라, 저 스스로 살아가는 방법을 가르쳐야 할 때는 단호한 모습을 보이는 것 자체가 더 큰 사랑이라고 말하는 듯했다.

어미 새가 나는 법과 벌레 잡는 법, 둥지 짓는 법, 위험을 피하는 법, 자신을 해치는 다른 날짐승들을 구별하는 법, 목숨을 지키고 이어 나가기 위한 많은 것들을 새끼들에게 가르치는 동안 숲의 그늘도 깊어 갔다. 그래서 이제는 새끼 새들이 스스로 살아갈 만하게 자랐다고 생각할 즈음이었다.

어미 새가 전에 보지 못한 행동을 하기 시작했다. 늘 하던 것처럼 어미 주위를 맴도는 새끼들에게 냉정하다 싶을 정도로 정을 접는 태도를 보이는 거였다. 가까이 오면 다른 곳으로 날아가고 얼굴을 마주할라치면 고개를 돌려 외면했다. 그러고는 멀리 내쫓는 거였다. 너희 스스로 살아가라고, 더 먼 곳으로 더 넓은 곳으로 나가 보라고 등을 미는 것 같았다. 사람이나 짐승이나 제 새끼를 곁에 두고 함께 지내고 싶은 마음은 똑같을 텐데, 왜 자꾸 더 넓은 하늘 쪽으로 날려 보내려 하는지 처음엔 의아했다.

그러나 만약 그 어미 새가 자기도 가슴이 아프지만 새끼들이 더 크고 넓은 세상에서 활개치며 당당하게 살아가라고 그러는 것이라면 그 마음은 사람보다도 더 훌륭하지 않은가. 내가 낳아서, 빗줄기도 바람도 대신 맞아 가며 공들여 키워서 스스로 살아갈 수 있게 만든 다음, 그 새끼들한테서 고생하며 키운 데 대한 보상도 받고 싶고 새끼들이 잡아 오는 벌레를 받아먹으며 편안히 지내고 싶기도 할 텐데. 그런 마음을 접고 자유롭게 살아 보라며 새끼들을 푸른 하늘로 날려 보내는 것이라면, 그 사랑은 그야말로 크고 넓은 사랑이라 하지 않을 수 없다.

사람 같으면 말이라도 하고 눈물이라도 흘렸을 법한데 가슴이 아프기는 나도 마찬가지라는 말 한마디 하지 않고, 슬픈 표정도 없이 빈 둥지로 돌아오는 새의 모습에서 많은 걸 배웠다. 새끼에 대한 사랑이라는 게 무엇인가, 얼마나 깊고 얼마나 아프고 얼마나 마음을 비우고 또 비워야 하는 것인가 생각했다.

이제는 달라져야 할 교실

선생을 하면서 참 하기 싫은 것 중 하나가 조회 시간에 아이들에게 교무 회의에서 나온 지시 사항을 앵무새처럼 전달하는 일이었다. 지금은 좀 나아졌지만, 예전에는 직원 조회 풍경이라는 것이 경직된 모습으로 앉아 쏟아지는 지시·전달 사항을 소리 없이 교무 수첩에 받아 적는 것이었다. 학교 일에 대한 진지한 논의나 토의가 이루어지는 광경은 어디에서도 찾아볼 수 없었다.

이번 주 생활 목표는 무엇이다. 어느 학급이 맡은 구역의 청소가 잘 안 되었다, 오늘까지 내기로 한 무엇무엇을 아직도 안 낸 반이 있으니 오전까지 꼭 내 달라, 이런 내용이 이어지거나 공문을 읽어 내려가는 일이 주를 이루곤 했다.

어떤 일은 화가 나기도 하고, 어떤 일은 짜증스럽기도 하고, 어떤 일은 또 우리 반만 안 냈어 하면서 아이들을 닦달할 생각을 하며 교무실 문을 나서는 선생님들의 표정은 대부분 밝지 못하다. 출석부를 빼 들고 삼삼오오 교실로 들어가면서 불평을 쏟아 내기도 하고 자기 비하의 시니컬한 이야기를 터뜨리기도 하는 것은 대개 골마루를 걸어가는 동안의 일이다. 교무실에서는 말을 잘 안 한다. 해 보았자 잘 받아들여지지도 않고, 공연히 교장·교감 눈 밖에 나거나 같은 교사끼리 의만 상한다는 것을 오랜 경험을 통해 잘 알고 있기에 말없이 삭이고 마는 것이다.

답답하기는 교실에서도 마찬가지다. 힘없는 중간자의 위치에 선 교사로서 어쩔 수 없다는 심정으로 교무 수첩에 적힌 내용을 하나하나 읽어 내려간다. 간혹 아이들의 한숨 소리도 들리고 표정이 일그러진다는 걸 알면서도 빨리빨리 일을 처리한다. 할 말을 다 하기엔 시간도 짧고 학생들의 의견을 들어 보는 시간을 충분히 가질 여유도 없다. 반장에게 몇몇 업무를 지시하고 주번 학생에게 학급 일지에 다 적었느냐고 확인하면서 학급 조회를 마친다. 교무 회의에서 지시한 사항이 학급 일지에 다 적혀 있지 않으면 교사가 할 일을 다 하지 않은 것이 되고, 교감에게 주번 학생이 대신 혼나기 때문에 재차 확인해 두곤 한다.

그런데 이렇게 아침마다 학생들에게 지시하고 전달하는 내용도 한 해가 지나고 보면 '무슨무슨 일은 해서는 절대 안 된다'는 금지형·부정형의 말, '어떠어떠한 일은 꼭 해야 한다'는 당위형 말, '무엇무엇은 언제까지 꼭 내야 한다'는 거출형의 말이 대부분 이다. 한 해 동안 조회 시간마다 전달하는 내용이 대개 그런 부류 이고, 그건 지난해 교무 수첩이나 지지난해 교무 수첩을 봐도 비슷하다. 시기를 비교해 보면 일의 내용도 엇비슷하게 되풀이된다.

민주적인 토론이나 아래로부터 모아지는 의견 전달 없이 위에서 내려오는 지시나 전달만 있는 비민주적인 회의 모습과 교장·교감의 권위주의를 교사들은 무척 싫어하지만, 학급 조회 시간에는 교사인 내가 과연 아이들에게 어떻게 비칠까를 생각해 보지 않는다. 나 역시 권위와 위엄으로 가득 찬 모습으로 서서 아이들에게 지시나 전달만 되풀이하는 선생이 되어 있는 것은 아닐까 돌아보아야 한다.

이런 생각을 하다가 나는 새로운 방식의 조회를 시도해 보았다. 내가 맡은 반은 내가 따로 세운 학급 운영 계획이 있어야겠다는 마음에서였다. 비록 체계적이진 못하더라도 그날그날 또는 한 주일이나 한 달 계획을 세우고, 그 계획에 따라 학급을 운영하고 이끌어 가야겠다는 생각이 들었던 것이다.

그 첫 번째가 대화 조회로, 아이들에게 자연스럽게 말을 건네며 시작하는 조회 형태를 말한다.

"영선이, 어제 집에 갈 때 아프다고 하더니 괜찮니?"

"아침에 비 맞고 온 사람 없어?"

"성구는 머리가 다 젖었구나."

"윤태는 오늘도 또 아침밥 못 먹고 온 거 아니니?"

이렇게 먼저 이야기를 꺼내고 대화를 시작하며 하루 생활을 열어 가는 것이다. 말을 건넬 사람은 그날그날 달라지며, 전날 눈여겨보았던 점이라든가 글쓰기 공책 또는 모둠일기를 통해서 알게 된 사실들을 바탕으로 이야기를 시작하기도 한다.

학생들을 잘 지도하고 학급을 제대로 이끌어 가려면 설교나 위압으로 통제하기보다 아이들의 생활을 구석구석 잘 이해하는 것이 훨씬 더 좋다. 그러기 위해서는 아이들과 상담을 자주 하는 것도 좋지만, 글쓰기 공책을 마련하여 늘 글을 쓰게 하거나 모둠일기를 쓰게 하면 좋다. 거기에서 만나는 아이들의 세세한 일상사와 생각들은 아이들을 이해하는 데 많은 도움을 준다.

대화를 하며 조회를 시작한 데는 또 다른 이유가 있었다. 권위주의 교육과 명령과 통제 중심의 교육에서 벗어나기 위해서였다. 우리나라 선생님들이 교실에 들어가 아이들에게 맨 먼저 하는 소리가 무엇인지 한번 생각해 보자. 선생님이 좋아서 또는 무슨 말씀을 하실까 궁금해 까만 눈동자를 들어 바라보는 아이들에게 이 나라 교사들이 제일 먼저 하는 말은 "조용히 해!"이거나 "똑바로 앉아!" "떠들지 마!" 아니면 "너 이리 나와!"인 경우가 많다.

이 말들은 집단 통제를 위한 명령어들이다. 학생 수가 많은 탓이기도 하지만, 수업을 하거나 조회를 하기 전에 질서가 잡혀야 그다음을 진행할 수 있는 현실을 모르는 것은 아니지만, 침묵하라고 명령하거나 부동자세를 만들어 놓고 시작하는 것이 우리 교육의 모습이다. 출발부터 잘못되어 식민지 교육에서 시작한 근대 교육, 군인 출신들이 오랫동안 사회를 이끌어 온 탓에 군대에서 군인들을 훈련시킬 때 사용하는 교육 방법이 가장 민주적이어야 할 학교에도 그대로 통용되고 있는 게 우리 교육의 현실이다.

집단 통제를 요구하는 명령어들과 함께 하루 생활을 시작하는 교육보다는, 학생들의 생활에 대한 구체적인 관심 사항을 알아보면서 시작하는 교육이 되어야 한다는 생각에서 시도한 것이 대화 조회였다.

두 번째는 예화 조회다.

평상시 교실에서 이루어지는 조회 모습을 보자. "이번 주 생활 목표는 '부모님께 효도하자'이다. 고생하시는 부모님께 잘해 드려야겠지. 다음……" 이런 식인 경우가 많다. 이렇게 하면 아무 효과가 없다. 선생님 말씀도 그저 잔소리로밖에 들리지 않는다. 그래서 예화를 들어 이야기해 주면 좋겠구나 생각하게 된 것이다. 도둑이 된 아들에게 심장을 내주고도 "얘야, 넘어지지 않게 조심해라"라고 말했다는 어머니 이야기 같은 걸 들려준다. 그러면 아이들 눈동자도 진지해지고 교실 분위기도 숙연해진다. 그러고는 간단한 전달 사항을 짧게 이야기하며 조회를 끝낸다. 어떤 때는 예화를 끝내면서 작은 칠판에 공지 사항을 요약해 적어 놓기도 한다.

그런 예화는 여러 군데서 미리 수집해 분류해 놓는다. 향을 쌌던 종이에서는 향내가 나고 생선을 묶었던 새끼줄에서는 비린내가 나더라는 불경에 나오는 이야기, 비유를 들어 쉽게 다가오는 짧고 교훈적인 이야기, 타이태닉호가 침몰할 때의 실화처럼 감동적인 내용들을 모은 『노란 손수건』 같은 책에 실린 글들을 통해 위험할 때 진정으로 용기 있는 사람이 되자는 이야기를 들려주어도 참 좋다. 동양 고전에 나오는 이야기들은 아이들에게 많은 지혜를 준다. 우리나라 명장·명신들의 일화, 청소부인 아버지를 날마다 도와드리는 학생의 이야기처럼 신문·방송에 나온 미담 사례나 이런저런 사건들도 좋은 이야깃거리이다.

전철 경로석에 앉아 있는 학생에게 자리 양보 문제로 한 마디 했던 노인이 뒤쫓아온 중학교 3학년 학생이 미는 바람에 계단 아래로 굴러떨어져 돌아가셨다는 이야기, 정호승 시인의 동화 「항아리」에 나오는 이야기도 들려주고, 아이들이 쓴 글 중에 진솔한 마음이 드러난 글이 있으면 그걸 읽어 주기도 했다.

내가 아이들에게 해 주고 싶은 이야기를 몇 가지씩 섞어서 하기도 했다. 예를 들면 '나는 너희들의 부끄럽지 않은 선생이 되겠다. 너희도 나의 부끄럽지 않은 제자가 되어 달라' '봄에 돋는 풀처럼, 얼음장 밑의 물고기처럼 시련을 이기고 살자' '꽃을 가꾸는 마음으로, 씨앗을 뿌리는 마음으로 살자' '우리는 행하면서 생각하는가, 행한 뒤에 생각하는가, 생각한 뒤에 행동하는가' '보이지 않는 곳에서 착한 일을 하자' '내가 남보다 잘하는 것이 있다면 내게 그런 재능과 능력을 주신 것을 감사하며 그것을 올바르게 쓸 줄 아는 사람이 되자' '친구의 결점이 눈에 띄거든 나는 남에게 어떤 친구로 보이고 있는가 생각해 보자' 등등의 주제를 잡아 이야기를 해 주었다.

그러나 아침부터 지루한 설교나 장광설을 늘어놓는 훈화가 되지 않아야 하기 때문에 시간은 5분이 넘지 않도록 신경을 썼다. 지금은 『선생님 이야기해 주세요』 『마음을 열어 주는 백한 가지 이야기』등 이야기를 모아 놓은 책이 많이 나와 있지만, 이런 조회를 처음 시작하던 십 몇 년 전에는 예화집이 많지 않아서 이런저런 책들을 틈나는 대로 모아 두어야 했다.

세 번째는 역사 조회였다.

달이 바뀌기 전에 다음 달 달력을 놓고 역사적으로 그달에 꼭 기억하고 넘어가야 할 의미 있는 날을 골라서 관련 자료를 모아 이야기해 주는 방식의 조회다. 교실에 들어서면서 "애들아, 춥지. 그런데 오늘이 무슨 날인지 아니? 오늘은 청산리 전투가 있었던 날이야. 김좌진 장군이라고 들어 봤니? 만주의 청산리라는 곳에서……" 이렇게 시작해서 키를 넘는 낙엽 속에 들어가 낙엽을 덮고 자며 싸운 독립군 이야기를 해 주면 귀가 솔깃해서 듣는다. 한식날은 한식의 유래와 개자추 이야기를 해 줄 수 있고, 4·19혁명이 일어난 날은 시를 읽어 주거나 4·19혁명 정신에 대해 이야기해 줄 수도 있다. 경의선 철도를 다시 잇는 공사 기공식이 있던 날은 그 이야기가 조회의 주요 내용이 되었다.

임진왜란과 일제 강점기의 무장투쟁이 잘 구분되지 않는 아이들, 이민족의 침입에 맞서 싸운 고구려의 장군과 조선의 장군을 혼동하는 아이들에게 단 몇 분이라도 우리 역사에 대해 이야기해 줄 필요가 있다고 생각해 실시한 조회였다.

조회 시간에는 내가 주로 이야기를 했다면 종례 시간에는 아이들이 이야기를 하게 했다. 그날의 하루 생활을 아이들이 정리하면서 학급에서 일어난 일을 중심으로 마무리하게 했다. 종례는 반장이 하는 것이 아니라 앞에서부터 순번대로 돌아가면서 하게 했다. 자기 차례가 된 학생은 그날 생활을 유심히 살펴봤다가 나와서 이야기해야 한다. 물론 담임인 나도 종례에 참석해서 같이 듣는다. 선생님이 하든 아이들이 하든 종례는 짧아야 좋기 때문에 시간은 가능하면 짧게 하도록 했다.

어떤 날은 친구들끼리 싸운 이야기가 나왔다. 어떤 날은 과학 시간에 친구 아무개가 말을 잘못해서 선생님께 많이 맞았는데, 앞뒤 생각하지 않고 불쑥 말을 던진 그 친구에게도 문제가 있었지만, 본뜻은 그게 아닌데 선생님이 크게 오해하신 측면도 있었다는 이야기 같은 것도 나왔다.

교사가 종례를 하면 그저 조회 시간에 전달한 내용을 되풀이하거나 언제까지 무엇을 꼭 가져와야 한다는 식으로 끝나기 쉬운데, 아이들이 종례를 하니까 교사가 몰랐던 학급 일을 자세히 알 수 있게 된다는 이점이 있어서 좋았다.

중고등학교 담임을 맡으면 조회 시간에 교실에 들어가 보곤 자기 수업 시간이 아니면 교실에 들어갈 일이 많지 않아 교실에서 일어나는 일을 다 알지 못하는 게 보통이다. 맡고 있는 과목에 따라 하루에 한 번도 들어가지 않는 날도 많다. 따라서 아이들이 저희끼리 생활하는 시간이 대부분이기 때문에 교사가 모르는 학급 분위기, 학급 문화 같은 것이 생기게 마련이다. 그러나 아이들이 종례를 하면 학급 돌아가는 일을 소상히 알 수 있고 교사가 더 관심을 쏟아야 할 점들을 생각하게 된다.

한 가지 더 소득이 있다면, 짧은 시간이나마 아이들이 여러 사람 앞에 나와 자기 생각을 발표하는 기회를 갖게 된다는 점이다. 자기 차례가 돌아오면 부담스럽고 많은 사람 앞에 나가 말을 한다는 것이 떨리고 긴장되기도 하지만, 하고 나면 좋은 경험이 된다. 한편으로는 민주주의를 훈련하는 시간이 되기도 한다.

잊지 않도록 알려 주어야 할 것이 있다면 작은 칠판에 적었다가 확인시켜 주고, 담임이 꼭 해 주어야 할 이야기가 있다면 곁들이기도 한다. 내가 몰랐던 사실에 대한 짤막한 소견이나 문제를 해결할 수 있는 방안 등을 조언해 주기도 하고 "오늘 하루 나의 학교 생활은 어땠는지 생각해 보면서 가자" 이런 한마디 말을 던지면서 끝내기도 한다.

노래 부르기 종례도 있다. 힘들었던 하루 생활을 끝내고 가방을 싸면서 즐거운 노래 한 곡을 함께 부르는 것은 정신 건강에도 좋다. 노래는 유행가나 건전 가요를 부르는 것이 아니라 대개 노래 가사 바꿔 부르기를 많이 했다. 잘 알려진 노래 곡조에 그날 배운 새로운 학습 내용을 개사해 부르거나 자기들의 생활 내용을 담아서 부르는 것이다. 이를테면 〈고향의 봄〉 노래에다 신석기 시대의 특징을 개사해 부른다거나, 이상재 선생의 일생에 대해 배운 것을 쉬운 노래의 곡에다 옮겨 불러 보는 것이다.

한번은 이런 일도 있었다. 우리 반에 장난꾸러기이면서 욕을 심하게 하고 여학생들을 잘 울리는 대성이라는 남자아이가 있었다. 그런데 종례 시간에 "자, 오늘 부를 노래는 어떤 노래지?" 하고 작은 칠판을 끌어 내니 거기에 〈솔개〉라는 곡에다 개사를 한 "우리는 욕 안 하고 살 수가 없나 김대성이처럼……. 수많은 욕설과 놀림 속에 멀어져 간 나의 친구여"라는 가사가 적혀 있었다. 이 노래를 반 전체가 함께 부르는 동안 대성이는 고개를 들지 못했고, 이 노래는 결국 대성이의 나쁜 버릇을 고치는 데 크게 기여했다. 노랫말은 학생들이 직접 만들었다. 점심시간이나 쉬는 시간에 몇 명이 모여 머리를 맞대고 만든다. 노래가 만들어지면 칠판 옆의 작은 칠판에 옮겨 적어 두었다가 종례 시간에 꺼내서 부른다.

조회와 종례를 교무 회의 시간에 교사에게 전달된 내용을 다시 똑같이 아이들에게 전하는 것으로 끝내는 게 아니라 학급 운영에 대한 주간·월간 계획을 세워 담임인 내가 중심이 되어 이끌어 가야 한다는 것은, 학교에 중장기적인 학교 운영 계획이 있는 것처럼 내가 맡은 학급에도 학급 운영 계획이 마련되어 있어야 한다는 생각에 따른 것이다. 그러나 더 중요하게는 아이들에게 가까이 다가가고 아이들을 더 잘 이해하는 것이 아이들을 잘 가르칠 수 있는 지름길이라는 생각에 따른 것이다. 침울하고 어두운 직원 회의 풍경, 죽은 듯한 교무실 분위기가 민주주의를 배워야 할 아이들에게 그대로 전해져 아이들의 열린 생각을 닫아 버리게 할 수는 없기 때문이다.

선생님들을 더 설레게 하는 체험학습

밤에 보는 벚꽃은 눈이 내려 얼어붙은 얼음덩어리처럼 하얗게 빛났다. 새벽 두 시. 우리는 북두칠성을 바라보며 불국사에서 석굴암 가는 산길을 걸었다. 석굴암 부처님을 뵈러 가는 길이었다. 수학여행 사전 답사를 위해 2학년 담임들과 내려왔는데, 석굴암을 안 보고 경주 문화를 이야기할 수는 없을 것 같아서였다. 아는 분께 미리 부탁해 새벽 예불 시각에 맞추어 석굴암 안에까지 들어가 자세히 보려고 밤길을 택했다.

승용차를 타고 편안히 갈 수도 있지만, 땀 흘리면서 힘들고 어려운 길을 걸으며 정갈하고 간절한 마음을 가져야 부처님의 모습이 제대로 보인다 하여 걸어서 석굴암까지 가기로 한 것이다. 새벽 예불을 드리는 두 스님 뒤로 조용히 걸어가서 우리는 흐르는 땀을 닦을 새도 없이 무릎을 꿇고 절을 하였다. 이 세상 모든 만

물은 아름답게 보이는 자리가 있는 법인데, 석굴암 부처님은 서서 보는 것보다 무릎을 꿇고 낮은 자리에 앉아서 바라볼 때 제대로 보였다. 그리고 내가 보기엔 오른쪽에서보다는 약간 왼쪽 아랫자리에서 보는 모습이 원만하고 장엄해 보였다.

석굴암 부처님은 고요히 감은 눈을 파르르 떨고 계시는 듯했다. 천천히 숨을 들이쉬고 내쉬는 동안 어깨가 가볍게 움직이는 것 같았다. 부드러우면서도 무게가 있고 범접할 수 없는 위엄과 너그러움이 함께 배어 있는 모습이었다. 걸림도 두려움도 없는 얼굴, 어떤 것에도 흔들리지 않는 깨달은 자의 얼굴, 그런 종교적 심성과 예술적 아름다움이 정말로 조화롭게 어우러진 모습이었다. 항마촉지인의 수인을 하고 있는 돌부처님의 손가락을 가만히 잡아 보는 동안에도 가슴이 떨려 왔다. 함부로 손댈 수 없는 어떤 서기 같은 것이 번져 오는 것을 느꼈다. 금강역사는 금강역사대로 힘이 있었고, 문수보살·보현보살은 그 섬세함에 감탄할 수밖에 없는 아름다움과 함께 생동감이 있었다.

석굴암은 예술적인 아름다움과 종교적인 깊이와 인간적인 정겨움이 그대로 살아 숨 쉬는 공간이었다. 동이 터 오는 산길을 내려오면서도 감동은 지워지지 않았다.

오전엔 수학여행을 관광 여행, 일탈 여행에서 벗어나 우리 문화를 제대로 보고 배우는 학습 여행으로 바꾸기 위해 애쓰는 문화 전문팀 '신라사람들'과 만나 일정을 논의하였다. 사흘 동안 꼭 함께 가야 할 곳과 주제별로 나누어 찾아갈 곳에 대한 자문을 얻었다.

숙소는 저녁 시간에 탁본 실습이나 슬라이드 강의를 할 수 있는 공간이 마련된 곳 중에서 잡기로 했다. 처음에 잡아 놓았던 호텔은 무슨 이유 때문인지 슬그머니 예약이 취소되었다. 호텔 쪽에서는 담당자가 모르고 다른 큰 학교의 예약을 받아 겹치게 되었으니 이 일을 어떡하면 좋으냐고 말하는데 아무래도 석연치가 않다. 규모가 작은 학교라서 밀려난 게 아닌가 하는 생각이 들었다. 호텔이나 여관 쪽에서는 대규모로 와야 영업에 득이 되겠지만, 교육적 측면에서나 학생들 처지에서 보면 인원이 적을수록 좋다.

그래서 일반 여관보다는 체험학습 시설이 있는 곳이 더 좋겠다고 생각하던 차에 소개받은 '서라벌요'라는 도자기 교실에 들렀더니 숙박 시설과 작업실 등이 잘 갖추어져 있다. 게다가 부모님께 드릴 도자기 선물을 직접 만들 수 있도록 지도해 주시겠다고 한다. 살 때 기분일 뿐이지 사 가지고 가면 별로 쓸모도 없는 관광 상품, 어디에나 있는 똑같은 상품보다 훨씬 값진 선물이 될 것 같다는 생각이 들었다.

돌아와서 각 반 두레장들과 협의를 가졌다. 1반은 '국가의 중심—신라의 궁궐'이라는 주제를, 2반은 '불멸의 몸—탑파와 불상'을, 3반은 '신라의 흥망과 남산'이라는 주제를 택해 반별로 다른 답사 코스를 잡았다. 그리고 답사 자료집을 사전에 학생들이 직접 만들기로 하였다. 인터넷에서 자료를 뽑기도 하고 도서실에서 자료를 찾아 반별로 특색 있는 자료집을 만들면서 수학여행을 준비하기로 했다.

학생들은 반별로 두레장 모임을 통해 자기들이 가야 할 코스의 자료를 찾아 복사도 하고 오리기도 하고, 인터넷에서 다운받은 자료들을 컬러로 인쇄해 표지를 만들기도 하고, 표지에 '경주 도굴 사건—경주의 문화재를 파헤친다' '문화재 습격 사건'이라는 재미있는 제목들을 지어 붙이고 하며 수학여행 답사 자료집을 직접 만들었다.

학생들이 직접 수학여행 자료집을 만들게 한 데는 몇 가지 이유가 있었다.

1994년도에 일본 평화·국제교육연구회에 참석했다가 일본의 교사들이 학생들과 함께하는 현장 체험학습의 여러 모습을 보고 느낀 게 있어서였다. 가장 인상 깊었던 것은 고치 현高知縣 고등학교 학생들이 만든 〈강을 건너서〉라는 다큐멘터리 비디오였다. 일제 강점기 때 그 지역에 징용으로 끌려와서 사만토 강四万十川 개수 공사나 철도 공사를 하다 죽어 인근에 묻힌 채 방치된 조선인들의 유해를 찾아 나서고, 이들과 관련된 자료를 조사하고, 재일 조선인 여학생을 만나 이야기를 들으면서 일본인들이 태평양전쟁 때 어떤 잘못을 저질렀는지 확인하는 과정에서 학생들 의식이 변해 가는 내용이었다.

이 학생들이 야마시다 선생님과 함께 한국에 와서 정신대 할머니들을 직접 만나 일본인들이 저지른 만행을 들으면서 눈물을 흘리고, 한국 학생들과 함께 어깨를 겯고 〈아침이슬〉을 부르는 장면을 보면서 이런 게 바로 산 교육이구나 하는 생각을 했다.

또 히로시마의 안전여고 학생들과 사와노 선생님은 원폭이 투하된 히로시마의 평화공원에 나와 청소도 하고, 원자폭탄에 일그러진 돌들을 주워 그것으로 조형물을 만들고, 외지에서나 다른 나라에서 자기 고장을 찾아오는 사람들에게 학생들이 직접 유적 안내하는 모습을 보고 느낀 바가 있었다.

우리는 그때 겨우 국가 중심 교육과정에서 교사 중심 교육과정으로 변화해 가는 과정에 있었다. 말로는 교사 중심 교육과정이 학생 중심 교육과정으로 바뀌어야 한다면서도 제대로 실천되지 않고 있었다. 학생이 중심이 되는 교육, 학생이 스스로 말하고 행동하고 움직이게 하는 교육이라는 게 그냥 되는 일이 아니잖은가. 그런데 일본 초등학교 학생들이 수학여행을 가기 전에 도서실에서 자기들이 여행할 곳에 관한 자료를 찾아 의논하고, 그래서 장소를 정하고, 자기들 손으로 자료집을 만들고, 수학여행에 다녀와서는 직접 쓴 보고서 등의 자료들을 보면서 우리나라의 학생 중심 교육도 이런 수준까지 가야 한다고 생각했다.

그런데 사전에 수학여행을 준비하고 이야기를 나누면서 아이들이 모두 다 이런 방식의 수학여행에 찬성하는 건 아니라는 사실을 알았다.

우선 숙소가 문제였다. 교사들이 사전 답사 때 찍어 온 사진을 보니 도자기 교실의 방과 복도마다 몇백만 원짜리 도자기들이 놓여 있는데, 그걸 깨면 어떻게 하느냐는 걱정들을 하였다. 수학여행 가면 방에서 베개싸움을 하며 노는데, 그러다 도자기라도 하나 건드리면 어떡하느냐는 게 제일 걱정이었다. 잠을 편히 잘 수 있겠느냐는 것이었다.

교사들도 사실은 그게 제일 먼저 떠오르는 걱정거리였는데, 도자기 교실을 운영하는 도예가 김두선 선생님의 말씀에 따르면 지금까지 많은 학생이 자고 갔지만 한 번도 깬 적이 없다고 한다. 설령 실수로 깨는 일이 있어도 괜찮다고 하신다. 일단 무조건 아이들을 믿으면 된다고 한다.

두 번째는 여관이 많이 모여 있는 곳에 숙소가 있어야 오가는 길에 다른 학교 학생들과 쪽지도 주고받고, 그러다가 사귀기도 하는 재미가 있을 텐데 다른 학교 아이들을 만날 수 있는 기회가 없지 않느냐는 것이 또 불만이었다.

세 번째는 수학여행이야말로 모처럼 학교 밖으로 나가 그동안 학교에서 못 해 본 것(몰래 술을 마신다거나 담배를 배운다거나)을 경험해 보는 데 묘미가 있는 것인데, 보고서 작성하다 보면 놀 시간이 너무 없는 거 아니냐는 것이었다.

저녁을 먹으면서 우리 학교 수학여행에 대해 이야기했더니 아들녀석이 대번 "아빠 학교에 안 다니는 게 천만다행이다" 그렇게 말하더니, "애들이 그런 수학여행을 가겠다고 그래요?" "불쌍하다. 안됐다. 그 학교 애들은" 하고 덧붙인다.

그 소리를 듣고 "아이구, 저 녀석은 하여튼……" 하고 말았지만, 머릿속에선 볼멘소리를 하는 우리 학교 아이들이 떠올랐다.

선생님들 중에도 너무 학습에 치우치는 여행이 아닐까 걱정하는 말씀을 하시는 분도 있었다. 그렇지만 지난 1년 동안 매달 현장 체험학습을 나가며 쌓아 온 경험이 있기 때문에 다들 잘하리라 생각하면서 경주로 떠났다.

첫째 날은 공통 과정이었다. 불국사에 이르는 길부터 절의 구조에 대해 '신라사람들'에서 강의해 주셨다. 또한 절 건축의 배치와 조화, 인공미와 자연미가 어울리는 석축, 석가탑·다보탑의 원래 이름에 담긴 불교적 의미 등도 설명해 주었다.

아이들은 자기들이 만든 자료집 파일을 들고 설명을 듣거나 새로운 사실을 적어 나가며 두레별로 모여 주어진 과제들을 해결했다. 두레별로 사진을 찍거나 보고서에 넣을 문화재 사진도 찍었다. 예전 같으면 불국사를 배경으로 단체 사진 한 장 찍고 몇 시까지 문 앞으로 모여라, 이렇게 말하는 것이 전부였을 텐데 우리 학교는 달랐다. 그 자리에는 우리 학교뿐 아니라 전국 각지에서 수학여행 온 중고등학생들이 많이 있었지만, 그 아이들은 모두 빈손이었다. 생활 지도 때문에 교복을 단정히 입고 교사들의 지시에 따라 이리저리 움직이는 모습이 비슷비슷했다.

우리 학교는 자유롭게 사복을 입고 학생 100여 명에 교사 6명, 반별 강사 1명씩 3명, 그러니까 학생 11~12명당 교사나 강사가 1명씩 배치되어 함께 묻고 이야기하면서 불국사 경내를 오갔다. 누구 말대로 문화재를 뒤에다 두고 사진이나 찍고 가는 여행, 즉

뒤통수로 문화재를 보고 오는 여행이 아니라 문화재를 제 사진기, 제 기억, 제 가슴에 담아 오는 여행이었다.

숙소로 오는 길가에 있는 영지석불에서 아사달과 아사녀의 전설이 깃든 무영탑 이야기를 들은 뒤, 그 석불에 소원을 빌면 사랑이 이루어진다고 하여 저마다 소원 한 가지씩을 빌고 숙소로 들어갔다.

겉보기보다 속이 더 깔끔하고 깨끗한 숙소에서 방을 배정하는 동안 남학생 녀석들은 밖에 전통 초가처럼 지은 집이나 고급스럽지 않아도 좋으니 뚝 떨어진 별채를 배정해 달라고 조른다. 도자기 때문에 지레 겁을 먹은 것 같다.

도자기 접시에다 자기가 먹고 싶은 만큼 마음대로 가져다 먹는 뷔페식 저녁은 다양한 나물 요리가 많아서 입맛을 돋워 주었다. 저녁 식사 후에는 남녀로 나누어 탁본 실습과 문화재에 관한 슬라이드를 감상했다. 처음 해 보는 탁본이지만 강사 선생님이 가르쳐 주는 대로 잘 따라 했다. 그것도 자기가 좋아하는 사람에게 줄 훌륭한 선물이 되었다. 와당무늬나 당초무늬 탁본이 실제보다 더 선명하게 찍혀 나올 때마다 아이들은 환호성을 질렀다.

슬라이드 강의는 경주의 문화재를 나열하는 식이 아니라 우리 문화를 보는 눈을 길러 주는 자리가 되었다. 예를 들면 태종 무열

왕릉비를 받치고 있는 거북의 모습은 힘차게 앞으로 뻗어 나가는 기상이 넘치는데, 경주박물관 마당에 있는 거북은 목에 화려한 장식을 하고 있어도 힘이 없고 움츠러든 모습인 까닭은, 통일을 이룩하던 시기의 넘치는 기상과 나라가 망해 가던 시기의 쇠퇴하는 모습을 단적으로 보여 준다는 것이다.

둘째 날은 반별로 각기 다른 주제를 가지고 다른 코스로 답사를 다녔다. 경주 남산의 불교 문화와 유적을 보러 간 우리 반 아이들 중에는 산에 오르기가 힘겨워 불만을 토로하는 아이들이 여럿 있었다. 자기는 교회에 다니는데 왜 자꾸 돌부처만 보러 다니느냐고 불평하는 아이도 있었고, 너무 전문적인 내용이라 잘 이해가 가지 않는다는 아이도 있었다.

그러나 올라갈 때의 불평은 내려오면서 잊어버리고 즐겁게 재잘거렸다. 숙소에 돌아와서는 처진 아이들 때문에 다른 반보다 일찍 돌아오지 못한 것을 더 불만스러워했다. 아이들 이야기를 들어 보니 탑과 불상을 보러 갔던 2반이 제일 재미있었던 것 같다. 저녁때는 초벌한 도자기에 부모님이나 선생님께 하고 싶은 말을 쓰거나 그림을 그려 넣는 시간이 있었다. '엄마 아빠 고맙습니다' '선생님 사랑해요', 이런 글씨를 쓰거나 붓으로 그림을 그려 넣으면서 아이들은 무척 즐거워했다. 이게 다시 불 속으로 들어가 어떤 모습이 되어 돌아올지 궁금해하면서.

　마지막 날에는 감은사 탑과 대왕암에 갔다. 사람들은 바위틈 물속에 문무왕릉이 있다고 믿고 있지만 나는 대왕암이 그저 문무왕의 화장한 뼈를 뿌린 산골처라고 생각한다.『삼국사기』의 기록이 그걸 증명하고 있고 문무왕 자신도 화장해서 뿌려 줄 것을 유언으로 남겼다. 그렇게 모든 것을 다 버리려 했으므로 그 이름이 영원히 남은 사람이다. 신라의 다른 왕들은 어마어마하게 큰 왕릉을 쓰고 거기 묻혔지만, 그게 누구 무덤인지 아는 사람은 별로 없다.

　아이들은 가는 비가 뿌리는 바닷가에서 조개와 예쁜 돌들을 주웠다. 밀려오는 파도를 피하려고 깡충깡충 뛰다가 신발을 적시면서도 깔깔대고 웃었다. 여행은 그런 추억과 함께 또 오래오래 가는 것이다. 살면서 아름답고 의미 있는 추억처럼 오래가는 것도 없다. 우리도 아이들에게 그런 의미 있는 추억을 만들어 주고 싶었다. 아이들 스스로 제 추억의 주인공이 되도록 해 주고 싶었던 것이다.

　나도 그 바닷가에서 초록빛 보석 하나를 선물로 받았다. 아이들이 동해 바닷가의 파도에 씻긴 돌들 속에서 초록으로 빛나는 작고 동그란 돌 하나를 발견한 것이다. "선생님, 이것 좀 보세요"

하고 내 손바닥 위에 올려놓고는 신기하게 바라보다가 "선생님 가지세요" 하고 준 것인데, 자세히 보니 병 조각이었다.

아이들은 그걸 모르는 듯했다. 다행이었다. 아이들은 내게 아름답고 신기한 초록 돌을 선물한 것이다. 깨진 병 조각이 오랜 세월 파도에 씻기고 깎여 동그란 보석처럼 변해 있었다. 파도는 사람의 살을 베기도 했을 날카로운 유리 조각마저 보석처럼 다듬어 놓는구나 생각하며 살며시 주먹을 쥐었다. 나중에 이 이야기를 동화로 써 보아야지, 그게 동화가 된다면 그건 또 얼마나 아름다운 선물일까 생각하면서.

행복한 하루

봄에 심은 장미가 학교 곳곳에서 붉게 피어 오르고 있다.

3월 말에 학년 전체가 인근 이월면에 있는 장미농원으로 현장 체험학습을 다녀왔다. 농업기술센터 지도사와 화훼영농조합 대표이사한테 장미를 심고 가꾸는 법, 양액 재배와 토양 재배에 대해 배운 다음, 학교로 돌아와 땅을 파고 배운 대로 전지를 해서 장미 500그루를 직접 심었는데, 그 꽃이 요즘 한창 피어나고 있는 것이다.

반별로 가장 먼저 꽃을 피운 두레는 장미꽃무늬가 들어 있는 손수건을 한 장씩 선물로 받았고, 자기들이 키운 장미꽃 앞에서 손수건을 펼쳐 들고 사진을 찍었다. 손수건 선물을 못 받은 아이들 입이 한 뼘씩은 튀어나오는 바람에 가장 늦게까지 꽃을 피우는 두레도 상을 주겠다고 약속했다.

옆 반 아이들은 마침 이번 달 생일잔치를 하는 날이라서 생일 선물도 받고, 친구들 편지도 받고, 광옥이가 삶아 온 감자도 먹으며 장미꽃 앞에서 신이 났다. 교무실 내 책상에 놓여 있던 감자가 안 보이기에 "광옥아, 내 감자 누가 다 먹었어?" 물었더니 아이들은 깔깔대고 광옥이는 죽는 시늉을 한다. 광옥이 별명이 감자인 줄 미처 몰랐다.

지난주에는 사극 〈태조 왕건〉 촬영 현장으로 체험학습을 다녀왔다. 사회과에서 배우는 '고려의 재통일'이라는 단원과 직접 관련이 있어서 아이들은 흥미를 갖고 선생님 설명에 귀를 기울였다. 그날 해결해야 할 주요 과제는 '견훤이 삼국을 통일하지 못한 이유는 무엇일까?' '궁예는 왜 부하들에게 불신을 받고 쫓겨났을까?' '왕건이 통일을 이룩하는 데 주요 기반이 된 것은 무엇일까?' 등이었다. 사회 선생님의 설명만으로 불충분한 것은 미리 마련한 자료를 참고하고, 그래도 잘 이해가 안 되면 촬영 현장에 있는 배우나 감독들을 찾아가 물어서라도 해결하라고 했다.

촬영이 쉬는 사이에 아이들은 해결해야 할 과제를 들고 연출·스태프·배우들에게 달려가 물었고, 텔레비전으로만 보던 배우나 감독하고 이야기를 하는 것만으로도 신이 났다. 역사적 사실에 충실해야 하는 사극의 허구성은 어디까지 인정되어야 하는가 하는 문제를 풀기 위해서도 연신 질문을 해 댔다. 교실에서 이 단원을 배운다면 칠판에 내용을 가득 써 놓고 계속 말로 설명해야 할 텐데, 그러면 얼마나 지루한 역사 수업이 될까.

고려궁·백제궁 세트를 다니며 텔레비전에서 본 바윗돌이 스티로폼으로 만들어진 것을 확인하고, 배우가 손에 들고 있는 고서 안쪽에 붙어 있는 대본을 발견하고 깔깔대며 웃던 그날 수업을 아이들은 평생 잊지 못할 것이다. 다른 사람들한테 이야기해 주고 싶어서 궁예와 견훤과 왕건에 대해 오래오래 기억할 것이다. 교실 안과 밖에서 하는 수업 중 어느 것이 성취도가 높고 오래 기억될 것인지가 금방 판명 난다.

박물관 근처 어디를 가야 솟대 사진을 찍을 수 있는지, 우리 민화 〈문자도〉와 민요 〈새재〉〈아리랑〉의 내용을 어디에서 조사해야 하는지, 역驛과 원院은 영어로 무어라 하는지 등의 과제를 해결하기 위해 아이들은 장소를 옮길 때마다 바삐 움직였다. 교사들이 미리 답사를 나와 통합교과형 수업으로 진행할 수 있는 학습 요소들을 찾고 자료집을 만들면서 뽑아낸 과제들이었다. 교실 밖으로 나와서 직접 보고 배우는 현장체험학습은 그런 사전 준비가 없으면 우왕좌왕하고 실패하기 십상이라는 점을 지난해부터 체험학습을 다니며 배웠다.

그리고 공동으로 조사·공부하고 두레별로 함께 사진을 찍고 힘을 합해 보고서를 만들면서 협력학습을 하게 하고 있다. 자기만 잘되기 위한 이기적이고 개인적인 공부에서 벗어나게 하는 방법이다. 물론 그 공동 작업의 결과를 과목별 평가에 반영한다.

그날 우리는 숲에서 들풀 수업도 했다. 애기똥풀과 망초꽃이 가득 피어 있는 풀밭에서 아이들이 토끼풀로 엮은 꽃관을 머리에 쓰고 들꽃으로 만든 꽃다발을 안고 행복하게 웃으며 같이 사진을 찍었다. 꽃 이름, 풀 이름 하나씩 기억하며 그걸로 삼행시나 사행시를 짓고, 그것으로 들풀 신문도 만들었다.

"우리 학교 아이들은 참 행복한 아이들이에요."

함께 간 선생님이 말한다. 진짜로 매일 행복한지는 잘 모르겠지만 그날만은 선생님도 아이들도 행복한 하루였다.

지난해부터 우리 학교는 현장체험학습을 실시하고 있다. 이것은 원래 모든 학교가 1년에 34시간씩 하도록 되어 있다. 7차 교육과정에서도 재량활동 시간이라고 해서 34시간을 이수하게 되어 있다. 그런데 대부분의 학교에서는 지역 사회 곳곳을 찾아가 배우는 현장체험학습을 부담스러워한다. 거기에는 몇 가지 이유가 있다.

첫째는 어떻게 운영해야 할지 운영에 대한 연간 계획을 잡는 데서부터 막히기 때문이다. 34시간이면 일주일에 한 시간씩인데, 한 시간 동안 무얼 어떻게 실시해야 할지 대안이 떠오르지 않는다고 한다.

둘째는 체험학습의 내용을 어떻게 채워야 할지 경험이 없어서 막막하다고 한다. 체험학습 계획을 세우고 자료를 수집하고 결재 과정을 거치는 등의 일이 모두 업무 부담으로 온다고 여기기 때문에 적극적으로 나서기를 꺼린다.

셋째는 차를 타고 멀리 나가는 것을 매우 부담스러워한다. 인솔 교사나 교장·교감은 학생들에게 경제적으로 부담도 많이 될 테고 사고라도 나면 어떻게 하나 걱정하고 있다.

넷째는 학생들이 학교 안의 규제에서 풀려나 사고라도 치거나 일탈 행동을 하는 등 생활 지도상의 문제가 생길 것을 걱정한다. 아이들이 다른 곳으로 도망치거나 개인행동을 하지 않도록 지도하고 통솔하는 데 따르는 어려움을 생각하면 머리가 아프다는 것이다.

이런저런 이유로 학교에서는 학교 밖으로 나가지 않고도 할 수 있는 체험학습으로 대치하거나, 매년 실시해 오던 소풍이나 학교 행사 등을 서류상 체험학습으로 정리해 놓거나, 형식적으로 그저

1년에 한두 번 가장 간편한 체험학습을 실시하는 정도로 흉내만 낸다.

우리도 처음엔 마찬가지로 막막했다. 해 본 경험이 없기 때문에 막막한 상태에서 시작했다. 직접 해 보면서 방법을 찾아 나갔다. 그래서 우리 학교는 첫째, 일주일에 한 시간씩 하게 되어 있는 체험학습을 5주 단위로 묶어서 5주에 한 번씩 하루 종일 실시할 수 있도록 목요일은 체험학습을 실시하는 5개 교과로만 시간표를 짜 놓았다.

둘째, 5개 교과를 통합교과형으로 운영하고 있다. 통합교과형 수업이란, 예를 들면 국어 시간에 탈춤의 역사와 종류와 유래를 공부하고, 미술 시간에 탈을 직접 만들고 보고, 체육 시간에는 선생님과 함께 직접 탈춤을 춰 보는 방식의 수업이다. 지금처럼 분과형으로 나누어 배타적으로 운영하는 것이 아니라 각 교과 간에 서로 유기적으로 연결될 수 있는 것을 찾아내 팀 티칭 방식으로 가르치는 것이다. 지식이 조각조각 나뉘어 따로 존재하는 것이 아니라 유기적으로 연결되어 삶 속에 경험과 함께 살아 있게 하는 수업이다.

예를 하나 더 들어 보겠다. 우리 학교 관내에는 우리나라에서 가장 오래된 돌다리가 있다. '농다리'라는 다리다. 고려시대에

쌓은 돌다리라고 전해 오는데, 이 다리에 가서 수업할 때 사회과에서는 다리가 놓여진 고려시대 진천군의 역사와 이름의 변천, 그리고 다리의 종류를 공부했다. 재료에 따라 다리를 흙다리·나무다리·섶다리·돌다리 등으로 나눈다는 것, 만드는 방법에 따라 징검다리·보다리·매단다리·배다리 등으로 나눈다는 것을 공부했다.

국어과에서는 다리에 얽힌 전설과 다리를 놓은 인물에 대해 공부했고, 과학과에서는 다리가 어떤 암석으로 만들어졌는지 알아보기 위해 실험 도구를 가져가서 실험하고 관찰했다. 약품을 떨어뜨려서 반응을 보고 알아내는 방법도 시도해 보았고, 다리를 만든 돌과 똑같은 돌을 실험 망치로 작게 깨뜨린 뒤 표면을 돋보기로 관찰하여 암석의 종류를 알아내기도 하였다. 돌아오는 길에는 다리 주변을 깨끗이 청소한 뒤 미리 준비해 간 쓰레기봉투에 담아 가지고 왔다.

과학과에서 동굴에 대해 배운 뒤 직접 동굴을 찾아가 볼 때는 동굴 주변의 문화 유적을 조사하여 도담삼봉과 정도전에 대해 배우고, 그 근처에 있는 시인의 시비詩碑를 찾아가 공부했다. 국어과에서 단재 신채호 선생에 대해 공부할 때는 신채호 선생 사당에 직접 가서 독립운동가이자 언론인이요, 역사학자이자 문인인 선생의 생애를 여러 교과가 함께 팀 티칭으로 공부한 뒤 사당 뒤에 있는 고사리 등 이끼식물을 관찰하고 공부했다. 그리고 교사들이 미리 답사하고 논의하여 이런 식으로 운영하는 통합교과형 수업 자료집을 만들었다.

셋째, 이런 공부를 하기 위해 관련된 장소를 찾아가는 것을 학생들은 참 즐거워했다. 일단 교실을 벗어나는 것 자체가 아이들에게는 기쁘고 즐거운 일이었다. 개성을 드러낼 수 없는 획일적이고 둔탁한 교복을 벗고 편하고 예쁜 자기 옷을 입고 공부하러 나가는 것만 해도 학교 생활의 새로운 활력소가 되었다.

혹시라도 빈부의 차이 때문에 위화감을 느끼는 아이들이 있을까 싶어 우리는 놀러 가는 것이 아니라 공부하러 간다는 것과, 그래서 옷을 검소하게 입고 와야 한다는 점을 강조한다. 차량을 빌리는 데 돈이 많이 들까 봐 걱정하는 사람들이 있는데, 관내 문화유적지나 체험학습장에서 공부할 때는 보통 1인당 2000~2500원 정도밖에 들지 않는다. 버스를 빌려도 그렇고 시내버스를 전세 내도 그 정도밖에 들지 않았다.

도청 소재지인 청주로 나갈 때는 5000원 내외, 멀리 갈 때도 8000원 정도밖에 들지 않았다. 도시락은 싸 가고 교사들은 출장비를 받아서 움직이니까 그 외에 특별히 드는 돈은 없었다. 산업체 등을 방문하여 직업 현장체험학습을 할 때는 그 회사에서 버스를 내주어 경제적 부담이 전혀 없을 때도 있었고, 돌아오는 길에는 선물까지 하나씩 받아 올 때도 있었다.

넷째, 생활 지도의 문제도 없었다. 미리 짜 놓은 계획표대로 움직이고, 그때그때 학생들이 해결해야 할 과제들이 있고, 장소를 옮길 때마다 거기서 두레별로 함께 모여 사진을 찍었기 때문에 이탈하거나 다른 길로 새는 학생이 없었다. 친구가 없으면 보고서에 붙일 사진을 함께 찍을 수 없기 때문에 두레별로 함께 다녔던 것이다.

현장체험학습은 교실에서 책상에 가만히 앉아 있는 아이들만 바라보며 그 아이를 평가할 때는 보지 못하던 살아 움직이는 아이들의 모습을 다시 보게 한다. 아이들의 숨겨진 능력도 발견하고 미처 몰랐던 장점과 특기도 알게 된다. 교실 안에서 하는 수업에서는 온순하고 말이 없으며 비활동적인 아이들이 착하다는 평가를 받는다. 그 대신 시간이 흐르면서 이 아이들은 소극적이며 수동적인 아이들로 자라곤 한다.

학교 밖에서 이루어지는 현장체험학습 같은 수업에서는 활동적이며 적극적인 태도가 요구된다. 자기가 직접 찾아가서 묻고 조사하고 발견해야 하기 때문에 자기표현을 잘 못하면 뒤로 처지고 만다. 자기가 만나 보고 싶은 사람이 있으면 용기 있게 나서야 한다. 주어진 과제를 해결하려면 선생님에게 다시 묻거나 선생님을 쫓아다니는 등 진취적이고 창의적인 태도가 요구된다. 또한 교사들도 그렇지만 아이들끼리도 몰랐던 새로운 면, 좋은 면을 갈 때마다 발견하곤 한다. 물론 반대의 경우를 통해 친구들을 여러 측면에서 다시 보게 되기도 한다.

사실 교과서에서보다 교과서 밖에서 배우는 것이 더 많다. 아니, 배울 것이 더 많다. 체험학습을 통해 창의적이고 진취적인 학생들로 키울 수 있는 공간, 우리가 직접 데리고 다니며 보여 주고 깨닫게 할 공간은 무수히 많다. 교사들을 쓸데없이 보고하는 공문 처리 같은 잡무에 매달리게 하지 말고, 사회의 여러 곳으로 아이들을 데리고 다니며 산 교육, 아이들이 직접 보고 느끼고 체험하면서 세상을 알아 가게 하는 교육 계획을 세우는 데 시간을 더 투자하도록 배려해야 한다.

우리 학교 아이들은 체험학습을 다녀오고 나서 두레별로 보고서를 쓰는데, 한 번에 A4 용지로 30장 정도씩 써 낸다. 한 두레가 대개 6명 정도인데, 보고서 작성 내용을 각자 나누어 자기들이 찍은 사진도 붙이고 소감도 쓰고 그림도 그려 넣어 예쁘게 꾸며서 과제를 해결한다. 인터넷에서 뽑아 온 보충 자료까지 덧붙여

두툼한 보고서를 만들어 낸다. 보고서를 읽을 때마다 참 대견하다는 생각이 든다. 교실에서 나 혼자 설명한 뒤 무얼 써내라고 하면 A4 용지 반 장도 쓰기 힘들어하는 아이들인데 말이다.

두 권의 공책

신경림 시인의 「가난한 사랑노래」를 공부하는 시간이었다. 다 같이 시를 암송할 때 정혜는 혼자 무언가를 쓰고 있었다. 수업 중에 다른 친구들이 토의 학습지를 정리하거나 모둠별로 토의할 때도 참여하지 않고 혼자 무언가를 쓰고 있을 때가 많았다. 그건 국어 공책이 아니었다. 펜팔장이라고 하는 다른 공책이었다. 친구가 편지를 공책에 써서 주면 읽고 바로 답장을 해야 하기 때문에 수업 중에 쓸 때가 많다. 그렇게 하루에 서너 차례씩 공책이 오가는 날도 있다. 그런 날은 하루 종일 편지 쓰는 일이 제일 중요한 일과가 된다. 물론 수업은 뒷전이다.

그날도 두 번인가 주의를 주었다. 그러면 잠시 멈추었다가 조금 지나면 다시 쓰기를 되풀이했다. 공책을 가지고 앞으로 나오라고 한 것까지는 괜찮았는데, 그만 내용을 본 것이 실수(?)였다.

"방금 걸렸어. 뭐 하냐고 지랄하더라."

막 볼펜을 내려놓은 곳에는 그렇게 쓰여 있었다. 거기까지만 읽고 덮었어야 했다. 교무실로 내려오라고 하고 몇 장 더 넘기는 바람에 그만 못 볼 것을 본 꼴이 되고 말았다.

지금 5교시 xx 시간! 수업하기 시저. 졸려 죽겠어. 아까 수학 시간에 잤어. 넘 졸려서……. 2시 다 되어 간다. 선생님이 공부하라고 그래. 짜증나게시리……. 지 혼자 씨부렁거려. 방금 걸려서 점수 깎았어. 번호 적어 갔으니까 점수 깎겠지 뭐. 재수 없는 년.

하이―. 나다. 정혜.

지금 도덕 섬 보고 나서 쓰는 겨. 졸려 죽겠어. 다 찍었어. 씨발 기분 존나 더러워. 넌 잘 봤는지 모르겠당. 섬 공부 안 해. 이번 시험 망칠 겨. 지금 존나 열 받어. 이윤 말 안 할래. 더 열 받거든. 재수 없어. 너는 왜 이렇게 비밀이 많어. 그래서 패 갈를 겨. 가르든지 말든지. 너 황가테 무슨 얘기 했냐? 열 받게……. 어휴 열 받아……. 개 좆 같어―.

지금 2교시 ○○ 시간이여. 10시 5분이 지났구나. 이 치마 줄인

180

것 입지 말까? 애덜의 눈초리가 이상해. 뒤에서 씹는 거 같고. 미치겠당. 맘에 안 들어 재수다. ○○ 샌님 혼자 얘기해. 무슨 얘길 하는데 통 모르겠어. 오늘 엄마가 일쩍 오래. 짜증 나 죽겠어. 샌님이 부모님한테 편지 쓰래. 쓰기가 시져……. 철이 오빠랑 계속 쌩할겨. 왕 재수영. 술 먹고 싶어. 어제 먹을걸. 기분이 안 좋아 여기서 줄일게.

현이가 × 사 준다는 거 말야. 꼭 비밀 지키길 바라. 아까 전화 땜에 동이가 무쟈게 열 받았어. 그래서 끊은 거래. 걔 웃기는 애야. 철이 오빠랑 깨졌는데…… 자꾸만 신경이 쓰인다. 이제 생각 안 할래. 차라리 둘 다 깰걸 그랬나(?). 울 담탱이 앞에 있어. 셤 공부하래. 재수 없게. 오늘 수업할 게 뭐람! 나 ×오빠 만들까? 생각 중이야. 고등학생으로…….

할루우. 지금은 3교시 △△ 시간이여. 필기 하나두 안 했는데 큰일이여……. △△ 재수여. 짜증 나 죽겠어……. 요새 기냥 배신감 느껴. 짜증이 난당. 아빠 마니 다쳤대. 경이네 아빠랑 얘기하다가 그런 거래. 애 하나 죽었대. 짜증 나. 짜증 나 죽겠어. 어제가 철이 오빠 생일이었어. 선물도 못 사 주구. 쌩이여. 병신새끼.

공책 한 권이 거의 이런 편지로 가득 채워져 있었다. 내용은 지금 동시에 사귀고 있는 남자 친구 두 명과의 사소한 문제, 재미없는 학교 생활에 대한 불평, 친구들에 대한 불만, 서로에 대한 기대 따위가 주를 이루었다. 그런데 한 줄이 멀다 하고 욕이 튀어나오고 두 줄이 멀다 하고 짜증을 내고 있었다. 선생님이 공부하라는 건 당연히 짜증 나고, 엄마가 일찍 오라 해도 짜증이 나고, 심지어는 아버지가 교통사고로 크게 다쳐 입원해 있는 것도 짜증이 난다고 한다. 사람이 죽은 것보다 남자 친구 생일 선물을 사 줄 수 없었던 것을 더 속상해한다.

수업 시간마다 담당 선생에 대한 욕을 공책에 마구 휘갈기고 있다. 공적인 공간에서 선생을 앞에 놓고 이렇게 쓰고 있어도 되는 걸까 하는 생각에 몹시 화가 났다. 물론 학생들이 뒤에서 선생을 욕하는 건 어제오늘의 일이 아니다. 옛날에도 그랬다. 그러나 이 펜팔 공책에 있는 것처럼 모든 선생이 다 미친년이고 재수 없는 놈은 아니었다. 이 공책에는 거의 예외 없이 모든 선생이 다 짜증의 대상이었다.

그러나 내가 더 걱정한 것은 연이가 정혜에게 "우리 확 사고나 칠까? 그래서 정학을 먹는 거야. 어때 잼있겠쥐?" 이렇게 말하는 대목이었다.

다행히 아직은 한 번도 가출을 하거나 사고를 친 적이 없는 아이들이기 때문에 여기서 붙잡아야겠다는 생각이 들었다. 1학년 때부터 이 아이들을 지켜봤는데 그렇게 두드러지는 문제 학생은 아니었다. 아이들 사이에서 약간 날라리라는 소리를 듣는 정도였지, 보통 아이들 중 하나라고 생각해 왔다.

그중 연이는 1학년 때부터 우리 반인데, 3학년 말썽꾸러기들한테 눈에 띄는 1학년들 몇몇이 집단으로 얻어맞을 때 그 자리에 있었다. 연이 부모님이 학교로 찾아와 항의하고 재발 방지 대책을 추궁하고 해서 눈여겨보고 있었는데, 자기를 때린 3학년 언니들과 끝없이 편지를 주고받는 것이었다. 그 아이들한테 무슨 압력을 받아서 그러는가 싶어 상담도 해 보고 관계를 끊으라고 요구하자, 그걸 간섭이라고 생각하며 나를 멀리하고 오히려 자기를 때린 언니에게 강하게 매달리고 있었다. 편지뿐 아니라 선물도 하고 먹을 것을 정기적으로 사다 주는 등 아주 극진히 그 언니를 챙겼다. 물론 3학년 학생에게 물어보면 한 번도 강요한 적이 없고 자기가 알아서 그러는 것뿐이라고 대답한다.

그 언니라는 3학년들은 툭하면 가방 싸 들고 교문을 나섰고, 교내외에서 담배를 피우다 신고도 많이 받았고, 그래서 처벌도 수없이 받았으며, 그중에는 가출해서 남자들과 여러 날씩 자고 들어오는 여학생도 있었다.

친구들이나 하급생들을 집단으로 구타해 큰 문제를 일으킨 적도 있다. 맞은 아이들의 학부모들이 대거 몰려와 항의하는 바람에 곤욕을 치르기까지 했다. 그러나 그 아이들은 그게 불만이었다. 자기들이 저학년일 때는 더 많이 맞고도 항의 한 번 못했는데 억울하다는 것이었다. 그리고 어머니 아버지들이 떼를 지어 학교를 찾아왔다 간 뒤에는 하급생들이 기가 살아서 자기들을 째려보기까지 한다며 나를 찾아와 상담을 청한 적도 있다.

그 아이들과 이야기하다가 하급생이 상급생을 째려본다는 게 가능한 일이 아닌 것 같아서, 그게 사실이라면 내가 그러지 못하도록 조치해 주면 되겠느냐고 했더니 말을 끊으며 "사실이라면 이라니요? 좆같이, 아 걔들이⋯⋯" 이런다. 마주 보고 이야기하다 갑자기 튀어나오는 욕설에 한편으로는 너무 어이가 없고 한편으로는 해도 너무한다는 생각에 그만 나도 언성이 높아지고 말았다.

화를 내지 말았어야 했는데 말투를 문제 삼고 화를 내는 바람에 대화가 끊어지고 말았다. 그 아이들로서는 그나마 자기들 얘기를 들어 주는 선생이 하나 있다고 생각했다가 실망해서 역시

다 똑같구나 하고 마음의 문을 닫아 버린 셈이 되고 말았다. 그 뒤 그 애들은 졸업 직전까지 끊임없이 문제를 일으키고 불려 다녔다. 그래도 졸업할 때는 안쓰러운 생각에 일일이 짧은 편지와 함께 선물을 하나씩 주었다.

그날 아이들의 말을 끝까지 다 들어 주지 못한 내 미숙함과 참을성 없음을 탓하면서도 또 한편으로는 학교가 이렇게 무너지고 있구나 생각했다. 수업 시간에 늦게 들어오거나, 수업 중에 왔다 갔다 하며 돌아다니거나, 멀리 떨어져 앉아 있는 친구와 큰 소리로 말을 주고받거나, 펜팔장을 쓰는 등 아예 딴짓을 하거나, 잠을 자거나, 수업을 계속 끌고 갈 수 없도록 방해하는 엉뚱한 말이나 행동을 하거나, 교사에게 대드는 경우도 허다하다. 심지어는 점심시간에 술을 먹고 들어와 비틀거리다 쓰러지거나, 빈 교실에 들어가 과자 봉지에다 똥을 누어서 그걸 멜로디언 케이스에 담아 놓고 나오는 녀석들도 있다.

예전에는 퇴근 후 교사들끼리 모이는 자리가 있으면 교장 교감 욕을 했는데, 지금은 으레 학생들 흉을 보고 학생들에 대한 불만을 터뜨리다 시간을 다 보낸다. 그만큼 아이들 다루기가 힘들다는 얘기다.

일본도 현재 교육의 최대 현안이 '학급 붕괴'라고 한다. 교사의 지도와 통제가 잘 먹혀들지 않고 일상적인 수업과 학급 운영이 점점 힘들어지는 상황이라고 정의하기엔 조금 더 심각한 상태에 와 있다고 한다.

이에 대해서는 우리나라와 마찬가지로 1997년에 텔레비전 방송에서 〈학급 붕괴〉라는 다큐멘터리를 방영하면서 본격적으로 논의되기 시작했다고 한다. 일본에서도 수업이 시작되어도 교과서를 펴지 않거나, 자기 자리에 앉지 않고 돌아다니거나, 마음대로 들락거리는 아이들이 많다고 한다. 우리나라는 실업계 고등학교에서 이미 오래전부터 나타난 현상인데 일본은 주로 초등학교에서 문제가 되고 있다고 한다. 일본에서는 10여 년 전 새 교육과정을 도입하면서 자유로움과 여유를 강조한 것이 원인이었다고 진단하는 사람이 있는가 하면, 문부성에서는 학생의 정서 불안, 교사의 지도력 부족, 학교의 협조 체제 미비, 가정의 무관심 등을 주요 원인이라고 분석한다.

전교조 참교육 실천위원회가 전국의 교사 450명과 학생 700명을 대상으로 한 설문 조사에 따르면 교사들의 80퍼센트가 '학교 붕괴'를 느끼고 있다고 한다. 그리고 학교 붕괴의 원인으로 교사들은 교육제도의 경직성(40.6%), 교육부의 정책 실패(31.4%), 학생 문화의 급변(20.9%) 등을, 학생들은 주입식 교육(40.0%), 교육제도의 경직성(36.5%) 등을 꼽았다.

그러나 우리나라 기자가 인터뷰한 도쿄대 사토 마나부 교수의 말은 학급 붕괴를 다른 측면에서 생각하게 한다. 그는 "40명의 학급을 교사 혼자서 칠판과 분필만으로 밀실 통제하던 시대는 지났다는 점을 빨리 인정해야 한다"고 말한다. 새겨들을 부분이 있다. 그러나 담임 교사 혼자서 통제해 오던 학급 왕국이라는 시대 착오적인 시스템 대신 여러 명의 교사가 공동 권한과 공동 책임 아래 학생을 지도하는 학년 담임제 같은 시스템 역시 현실 적용이 가능한지, 그것이 학급 붕괴를 막는 해결책인지는 여전히 의문으로 남는다.

학교 붕괴의 원인이 교사에게 있다기보다는 학교와 교육 구조와 사회 전반에 걸쳐 있기 때문이다. 가정이 붕괴되고 사회가 붕괴되고 가치관이 붕괴되어 가는데 어떻게 학교만 무너지지 않을 수 있겠느냐고 말하는 사람도 있다.

물론 교사부터 달라져야 한다. 스스로 새로운 교사로 거듭나기 위해 새로운 교육 방법과 교육 내용을 갖추어야 하고 매력 있는 교사, 아이들이 좋아하고 믿고 따르는 교사가 되기 위해 더 창의적이고 더 헌신적이어야 한다. 교사들은 또 그 소리냐고 할지 모르지만, 그건 교사로서의 기본이요 업보이며 어쩌면 당연한 요구일 수도 있다.

그렇지만 솔직히 교사의 영향력이 오늘날처럼 왜소해진 시대도 일찍이 없었다. 아이들의 생각과 행동과 문화와 세계관에 미치는 영향을 생각해 보면, 교사의 말은 방송의 연예 오락 프로그램과 광고와 텔레비전 드라마와 일본 잡지가 미치는 영향의 10분의 1도 안 된다. 이런 사회 환경에서 아이들이 변화하는 속도를 따라가기에 교사들은 얼마나 힘겨운지 모른다. 뒤쫓아 가기에 급급한 채 오늘도 당연히 도덕적이고 당연히 윤리적인 말만 강조하고 있는 교사들이 학생들은 답답해 보일 것이다.

학생들은 컴퓨터 통신과 게임처럼 빠르게 변화하는 정보화·산업화·국제화 사회의 속도판을 롤러보드 타듯이 타고 앉아 달려가는데, 터덜터덜 걸어오는 교사들이 믿음직해 보일 리가 없을 것이다. 학생들의 문화가 너무나 달라졌고 청소년들 그 자체가이미 어제의 청소년이 아니다. 아이들은 답답하다고 발광을 하고소리를 지르고 참지 못해 몸을 비틀고 있으며, 교사들은 이런 아이들 앞에 교과서를 들고 서서 "떠들지 마라" "가만히 앉아 있지 않을래" "제자리 앉아" 하는 말만 되풀이하면서 점점 선생 노릇하기 싫어지는 것이다. 교사들도 이 교실, 이 아이들을 끝까지 책임지겠다는 생각이 엷어지고, 교실은 교사도 학생도 점점 들어가고 싶지 않은 곳이 되어 가고 있다.

이러한 학교 붕괴를 바로잡기 위해 옛날처럼 교사가 매를 들고, 일사불란하게 통제하며, 처벌을 강화하고, 권위를 회복하고, 교사를 무서워하게 해야 하며, 엄격하게 길러야 한다고 말하는 사람들도 있다. 그러나 사회학적인 면에서 보면 학교 붕괴란 근대식 교육제도를 유지하려는 학교와 탈근대화하면서 정보화 시대로 진입한 사회와의 괴리에서 발생하는 현상 중 하나다.

특히 정보화 사회가 필요로 하는 인적 자원 자체가 다르기 때문에 근대식 교육 방법인 권위적이고 통제적이며 집단적·획일적인 교육, 강력한 힘과 경쟁, 긴장과 위기의식의 강조를 통해 끌고 가는 방법으로는 정보화 시대에 걸맞은 학생들을 길러 낼 수 없다. 교실이 무너지고 있는 현상은 교사들의 무능 때문만은 아니다. 사회 변화에 더 큰 원인이 있다.

그렇지만 변화하는 사회, 변화하는 현실을 직시하고 창의성을 길러 주기 위해 우리가 변해야 할 부분과, 올바른 인성 교육을 하기 위해 우리가 지켜 나가야 할 부분을 잘 구분하면서 교사가 중심을 잡아야 한다. 힘들지만 포기해서도 안 되고 안이해져서도 안 된다. 정말로 무너져야 할 것도 있고 무너져서는 안 되는 것도 있기 때문이다.

펜팔장을 읽은 그날 나는 두 아이를 불러다가 엄하게 꾸짖었다. 매를 들어 손바닥도 아주 아프게 때려 주었다. 재미 삼아 사고를 치고 정학을 맞아 보자고 하는 이런 생각에 제동을 걸어야겠다는 마음도 있었지만, 모든 것을 짜증스러워하고, 아무에게나 욕을 하고, 자기는 아무것도 하기 싫고, 대신 다른 사람들은 다 자기에게 잘해 주어야 한다고 생각하는 삶의 태도를 고쳐 주어야 할 책임도 있다는 생각 때문이었다. 속이 많이 상하고, 교실에 들어가고 싶지 않아서 복수 담임인 다른 선생님께 학급 운영을 부탁드렸고, 학교를 그만두어야 하는 게 아닌가 심각하게 고민했다.

그러면서 이 문제를 다른 교사들과 상의도 하고(물론 공책 내용은 보여 주지 않았다) 집에 와서 아내와 아이들과도 의논하고, 그러다가 앞에 인용한 부분과 같은 내용을 교실에서 공개적으로 읽고 아이들과 이야기해 보기로 하였다. 공개하는 것은 문제가 있지 않을까 싶었지만, 그 내용이 거의 다 공적인 수업 중에 교사를 앞에 두고 쓰여진 것이라는 점에서 공개하기로 결정했다. 그리고 해결책도 아이들과 함께 찾아야 한다고 생각했다. 아이들도 충격을 받은 듯했다. 펜팔장을 쓴 두 아이는 이튿날 잘못했다는 편지를 써 가지고 왔다.

그리고 시간이 흘러 방학하는 날 윤재가 공책 한 권을 내밀었다. 무슨 공책인가 하고 펴 보았더니 한 장 한 장 아이들이 쓴 편지로 채워져 있었다.

선생님, 저희들이 왜 이걸 썼는지 아세요? 가끔은 선생님이 미워서 나쁘게 말할 때도 있지만……. 선생님을 존경하고 선생님을 사랑하는 마음이 있다는 것 아세요? 선생님을 저희가 사랑한다구요……. 국어 시간에 말하기 평가를 해서 엄마 이야기 항상 감싸주시고……. 장난이 심해서 윤재가 미우실 텐데두 선생님은 항상 웃어 주시는 모습이 얼마나 고마웠고, 그리고 보기에도 좋았는데요……. 선생님께서 어제 하신 말씀. 교직 생활이 넘나 힘드시다는 말을 듣고 저희들은 놀랐고 또 너무 죄송!했어요……. 선생님! 저희를 사랑해 주시는 맘 저희두 다 알구 다 보답하구 싶구 그런데 선생님이 너무 편해서 아무런 표현조차 하지 못하는 저희 자신들이 얼마나 미운데요…….

전 왜 이렇게 못났죠? 매일 선생님 맘 아프게 하구, 속상하게 하구…… 매일 선생님을 실망시키네요. 많이 노력해서 선생님께 좋은 모습 보여 드리려고 해도 그게 잘되지가 않아요. 선생님이 저한테 많은 실망을 하셨다는 거 알아요. 정말루 죄송합니다. 그런데……요? 선생님이 교직 생활을 그만두고 싶다고 하셨을 때

제가 선생님께 얼마나 죄송했는지 아세요? 다신 그런 말 하지 마세요. 그럼 저 펑펑 울 거예요.

연이 편지도 그 공책에 들어 있었다. 나중에 연이 친구들과 이야기하다가 알게 되었는데, 연이는 초등학교 때 친구들한테 왕따를 당한 적이 있었다고 한다. 연이가 펜팔장에 편지를 쓰는 방식으로 친구나 선배들에게 지나치게 집착하는 이유가 그것과 무관하지 않겠구나 하는 생각이 그제야 들었다.

마지막 한 번을 더 용서하는 교육

몇 해 전의 이야기다.

아침에 출근하고 얼마 안 되어 전화가 걸려 왔다. 김○용 학생의 담임을 바꿔 달라는 전화였다. 전화를 건 사람은 시내에 있는 담배 가게 할아버지였다.

학생 이름을 대면서 틀림없이 그 중학교 학생이냐 재차 묻더니, 학생이 담배 가게에서 돈을 훔치다 잡혔으니 데려가라는 것이었다. 부랴부랴 자전거를 타고 담배 가게로 갔다. 그런데 용이는 거기에 없었다. 할아버지가 전화를 걸러 뒤뜰로 가는 사이에 도망쳐 버렸다는 것이다.

그 담배 가게는 자식도 없이 외로이 사는 할아버지 내외가 어렵게 꾸려 가는 가게였다. 할아버지와 할머니의 말씀으로는 용이에게 다그쳐 물으니 이번 한 번이 아니라 그동안 여러 번 돈을 훔쳤다는 것이었다. 할아버지 할머니께 몇 차례 죄송하다는 말씀을 드리고 용이를 찾아 나섰다.

물론 용이네 집에도 가 보았다. 용이네 집은 옹기 가마 옆의 다 찌그러져 가는 방 한 칸짜리 집이었다. 용이 아버지가 옹기 굽는 데서 일을 하고 있었다.

용이 아버지는 옹기를 빚던 흙 묻은 손으로 머리를 긁적이며 몹시 놀라워했다. 자전거를 타고 시내의 만홧가게와 오락실 골목, 심지어는 들과 산에까지 가서 용이를 찾아보았지만 용이는 보이지 않았다. 오후에는 아이들을 여기저기 내보내 찾게 해 보았다. 역시 모두들 찾지 못하고 그냥 돌아왔다. 그날 저녁 용이는 집에도 들어가지 않았다.

언젠가 글쓰기 시간에 용이가 '강릉에 계신 어머니께'라는 긴 편지를 쓴 적이 있다.

용이를 낳아 준 어머니는 아버지와 헤어져 강릉에 살고 있는 데, 어머니 사진을 보며 어머니와 만날 수 있다면 이까짓 사진은 필요치 않을 것 아니냐며 어머니를 애타게 그리워하는 용이의 편지는 많은 친구들의 코끝을 찡하게 만들었다.

용이의 별명은 너구리다. 가난하다는 것 외에는 아주 명랑하고 활발한 아이였다. 친구들과도 잘 어울려 놀았고 우스갯소리도 잘

했다. 그런 용이가 돈을 훔쳤다니 도무지 믿기지 않았다.

하루가 또 지났다. 이러다 영영 안 돌아오는 것은 아닌가, 아주 딴 길로 가 버리는 것은 아닌가 하는 걱정이 들었다.

그런데 그날 오후 수업이 끝난 뒤 도서실 앞에서 내려다보니 한 떼의 아이들이 왁자지껄하게 교문을 들어서고 있었다. 우리 반 아이들이었다. 그 아이들 가운데 용이가, 아이들에게 둘러싸인 채 오고 있는 모습이 보였다.

나는 마음을 다져 누르며 계단 쪽으로 조금씩 걸음을 옮겼다. 용이의 손을 잡고 앞서 오는 아이가 보였다.

지호였다. 지호가 용이를 찾아서 데려오는 그 장면을 나는 두고두고 잊을 수가 없다. 그것은 용이 때문이기도 하고 지호 때문이기도 하다.

얼마 전 학급에서 수업료 일부가 없어진 적이 있었다.

아이들에게는 큰돈이라서 꼭 찾아야 했다. 수업 후에 아이들을 모두 교실에 모아 놓고 가방과 소지품을 검사할 테니 소지품을 모두 책상 위에 내놓으라고 했다.

두어 명 학생의 가방을 검사하다 문득 걱정되는 게 있었다. 소지품 검사 자체가 물론 비인간적이고 비민주적이어서 선뜻 내키는 일은 아니지만, 무엇보다도 이런 검사를 했는데도 잃어버린 돈이 나오지 않을 경우를 생각했다.

돈을 가져간 아이가 이미 그 돈을 가방이나 주머니 속이 아닌 다른 곳에다 옮겨 놓았거나 감추어 놓았다면 소지품 검사 따위가 아무 의미가 없다. 뿐만 아니라 그 아이에게 '들키지 않았으니 이 일은 이것으로 끝나는 것이다'라는 확신만 심어 주고 스스로에게도 자신의 내면적 갈등을 없애는 기회만 줄지 모른다는 것이었다.

둘째는 소지품 검사를 하다 돈이 발견되었을 경우다. 그때 그 아이는 아이들 사이에서 다시는 회복할 길 없는 영원한 도둑 낙인이 찍히게 된다. 여러 사람 앞에서 공개적으로 도둑질한 사실이 드러나 버리면 그 아이의 무한한 장래는 거기서 영영 멈추어 버리고 만다.

도둑질을 하기 위해 세상에 태어난 사람은 아무도 없다. 돈 몇천 원과 아이들의 장래를 바꿀 수는 결코 없는 일이다. 돈 몇천 원, 몇만 원보다 더 소중한 것이 바로 아이들의 장래요 앞으로의 인생이다. 다만 순간적인 충동 또는 돈에 대한 짧은 유혹에 이끌려 자기도 모르게 일을 저질러 놓고 스스로 엄청난 불안감과 갈등 속에 빠져 있을 것이다.

가방 검사를 중단하고 아이들에게 그런 내 마음을 이야기했다.

거의 다 가난한 집안의 아이들이기 때문에 아이들은 자신들의 아버지 어머니가 돈 몇천 원을 벌기 위해 얼마나 땀 흘려 고생하는지를 직접 곁에서 본다. 그래서 가져간 친구의 돈 역시 그 친구의 아버지 어머니가 땀 흘려 노력해서 번 돈이요, 우리의 돈이 소중한 만큼 친구의 돈도 똑같이 소중할뿐더러, 아무 노력도 하지 않고 남의 것을 순간적인 충동과 유혹에 못 이겨 가져간다는 것이 얼마나 잘못된 일인지를 이야기했다.

사람은 순간적으로 잘못을 저지를 수 있는 약한 존재이지만 그 잘못을 진심으로 뉘우칠 줄 아는 데서 더 큰사람으로 다시 태어나며, 그릇된 자신의 마음과 싸워 이기는 진정으로 용감한 사람이 되어 줄 것을 간곡하게 부탁했다.

그러고는 모두 백지에다 이 일과 관련한 자신의 입장을 써내라고 했다. 만약 그중에서 돈을 가져간 사람이 잘못을 뉘우치고 용서를 빌면 돈 문제는 내가 해결해 주겠노라고까지 했다.

그러나 아이들이 써낸 쪽지를 다 읽어도 자기가 가져갔다고 쓰여진 종이는 없었다. 나는 다시 몇십 분을 설득했다. 돈 몇천 원과 너희 장래를 바꿀 수는 없다는 말과 함께. 아이들이 쪽지에 적어 낸 것을 한 장 한 장 읽어 가면서 내심 떨렸다. 이렇게 했는데도 돈을 가져간 아이가 자신의 잘못을 결코 뉘우치지 않은 채 감추려고만 할 경우, 그릇된 그 아이의 마음을 영영 바로잡아 주지 못할지도 모른다는 걱정 때문이었다.

그런데 아이들이 두 번째로 써낸 종이를 한 장씩 읽다가 공책 귀퉁이를 찢어서 적어 낸 종이 하나를 펴 드는 순간, 나는 너무도 고마운 마음에 눈시울이 뜨거워졌다.

거기에는 "제가 가져갔습니다. 잘못했습니다. 선생님, 정말 죄송합니다. 이지호" 이렇게 적혀 있었다.

나머지 종이들을 쓸어 담으며 나는 "고맙습니다, 여러분. 그릇된 마음과 싸워 이긴 사람은 진정으로 용감한 사람입니다. 다시는 잘못을 저지르지 않도록 더욱 굳게 마음먹어야 합니다. 모두들 집에 돌아가도 좋습니다" 하고 말했다. 나는 그 일을 나 혼자만 아는 일로 접어 두었고, 지호도 별다른 일 없이 아이들과 함께 잘 지냈다.

그런데 지호가 용이를 찾아서 데리고 오는 것이 아닌가. 용이가 돌아온다는 것과 지호가 용이를 찾아서 데려온다는 사실 모두가 나는 그저 고마웠다. 지호와 아이들을 돌아가게 한 다음 나는 용이를 데리고 도서실로 갔다.

도서실에서 용이가 자꾸 옷소매 속에다 손을 감추는 걸 보고 이상해서 손을 바로 꺼내 보라고 하다가 흠칫 놀랐다. 손목에는 핏물이 엉겨 붙어 있었고 온통 칼자국투성이였다. 처음엔 물어도 대답하지 않더니 나중에야 겨우 몇 마디 말을 했다.

성당에서 신부님이 "너희 손이 도둑질을 하거든 그 손을 잘라 버려라. 성한 몸을 다 가지고 지옥에 떨어지는 것보다는 손 하나를 잘라 버리고라도 천국에 들어가는 것이 낫느니라" 하셨던 말씀이 생각나 손을 잘라 버리려고 했다는 것이다.

그동안 용이는 남의 돈을 몰래 훔치고 난 뒤 들키지 않았지만 양심에 거리낌이 남아 있을 때면 고해성사를 보아 죄 사함을 받고, 그러다가 유혹에 이끌리면 또 훔치고, 다시 고해성사를 보고, 이렇게 되풀이해 왔다는 것이다.

친구들과 어울리고 싶고, 친구들이 가지고 있는 좋은 것들을 갖고 싶고, 하굣길에 친구들이 사 먹는 맛 좋은 것들도 먹고 싶었지만 한 번도 마음놓고 그런 것을 먹어 보거나 사 보지 못했는데, 담배 가게에서 몰래 훔친 몇백 원, 몇천 원의 돈으로 용이는 전자오락도 실컷 해 보고 핫도그도 사 먹었다고 말했다.

나는 용이의 이야기를 듣다가 용이의 피 흘리는 손에 바르게 가르치지 못한 내 한 손을 포개어 맞잡고 더듬더듬 기도를 올렸다.

지금 당신 앞에 돌아와 무릎 꿇고 올리는

이 아이의 기도를 들어 주소서.

달도 없는 밤 가을 숲 속에서 몇 밤을 지새고

다섯 번째 도둑질을 하다 들킨 왼손을

오른손의 칼로 내리긋고

피 흘리며 돌아온 이 아이의 한 손에

바르게 가르치지 못한 제 한 손을 포개어

당신께 올리는 우리의 기도를 들어 주소서.

이 아이가 자라며 원망해 온

남루함과 헐벗음 누추함보다

이 아이의 아비가 진흙에 손을 넣고

대대로 빚어 온 붉고 고운 항아리들의 의미가

더욱 값진 것임을 깨닫게 하여 주시옵고

이 아이가 자라며 동경해 온

풍성함과 사치스러움 비어 있는 반짝거림보다

흙에서 건진 것들로 일용할 그릇을 삼는

저 정직한 옹기들의 넉넉함이

더욱 소중한 것임을 깨닫게 하여 주시옵소서.

불가마 옆에서 평생을 살아오는 이들과

그 이웃들의 가난이 어디서 비롯되었는지를

너무도 잘 알고 계시는 당신께

이 아이가 원망해 온 것들과 유혹에 빠져 온

나날들을 빠짐없이 지켜보고 계셨을 당신께

또다시 죄의 보속을 비옵는 까닭은

그들을 빼앗김과 짓눌림 한스러움에서

더욱 벗어나지 못하도록 옥죄어 오는 끈끈한 거미줄이

이 땅의 어느 구석에서 움 솟는 것인지

그들에게 바르게 이야기하고 참되게 일깨워

제 손에 칼을 긋던 다른 한 손을 들어

결연히 그 어떤 것을 금 그어 가야 하는지를

아직 다 깨우쳐 주지 못한 까닭입니다.

자신을 속이며 쉽게쉽게 사는 일보다

흙을 디디고 흙을 만지며 정당하게 노동하는 일이

보람찬 삶임을 뜨겁게 깨닫는 아이가 되도록

바른 삶의 지혜를 불어넣어 주시옵고

제게 맡기신 가난한 이 땅의 많은 아들딸들도

어떻게 우리가 바르게 살아야 하며

무엇이 우리를 바르게 살지 못하도록 하는지

우리가 진정 미워해야 할 것들은 무엇인지를

진지하게 생각하는 아이로 이끌어 갈 수 있도록

제게 힘을 주시옵고 도와주시옵소서.

아흔아홉 번 용서하시고 마지막 한 번을

더 용서하시는 당신 앞에

돌아온 아이와 함께 무릎 꿇고 올리는

우리의 기도를 들어 주소서.

피 흘리며 돌아온 이 아이의 한 손에

바르게 가르치지 못한 제 한 손을 포개어

당신께 올리는 기도를 들어 주소서.

—졸시, 「돌아온 아이와 함께」에서

우리는 어두워져서야 도서실에서 나왔다. 나는 어둠 속을 걸으며 오래도록 용서라는 것에 대해서 생각했다. 우리가 남을 용서하는 이유는 나도 용서받아야 할 많은 잘못 속에 살고 있기 때문이다.

살아가면서 우리는 얼마나 많은 죄를 짓는가. 우리는 생각과 말과 행위로 보이는 곳에서, 보이지 않는 곳에서 얼마나 많은 잘못을 저지르며 사는가. 내가 남의 물건 하나를 훔치는 것보다 더 큰 상처를 남에게 주는 때가 얼마나 많으며, 나의 순간적인 언행으로 남에게 끼친 해는 또 얼마나 깊은가.

나이가 들면서 느끼는 것은 바르게 살지 못한 세월과 죄악뿐인지도 모른다. 그러면서도 우리는 함부로 남을 심판하고 단죄하고 속단하기를 좋아한다. 인간이 용서받아야 하는 이유는 인간이 근본적으로 불완전한 존재이기 때문이다.

좋아하는 사람을 사랑하는 것은 어렵지 않다. 싫어하는 사람을 미워하는 것도 어렵지는 않다. 그러나 미워하는 사람을 용서하는 일은 참으로 어렵다. 그러므로 용서는 더 큰 사랑인 것이다.

더더욱 무한한 가능성 자체인 아이들은 끊임없이 용서받아야 한다. 일곱 번씩 일흔 번이라도 용서하라고 한 베드로처럼 아이들이 순연한 본래의 마음으로 되돌아올 수 있을 때까지 우리는 아이들을 아무 조건 없이 용서해야 한다.

그것은 우리가 그들 위에 군림하거나 감시하러 온 것이 아니라, 그들이 자신들의 길로 홀로 갈 수 있을 때까지 안내하고 뒷바라지하러 와 있는 까닭이다.

시시포스의 바위

동완이를 처음 만난 것은 입학식날 아침이었다. 입학식 준비로 모두들 바쁜 아침, 행정실로 가려고 교무실 문을 나서다가 현관에서 동완이를 보았다.

"선생님, 얘 교복 없대요."

이렇게 말하는 종환이의 목소리를 듣고 바라보니 낡고 찢어져 꾀죄죄한 파카를 입고 서 있었다. 종환이는 특수 학급에서 공부하는 아이다.

중학교에 처음 입학하는 날 터부룩한 머리에 집에서 입던 해진 옷을 그냥 입혀 학교로 보낸 부모는 누굴까, 그런 생각을 하는 사이에 종환이가 한마디 더 한다.

"얘네 누나는 교복 사 주고 얘는 돈이 없어 못 사 줬대요."

"그래, 누나도 같이 입학했어?"

"예, 김란이에요."

"김란?"

"예, 같은 반이에요."

우선 동완이를 교무실로 데려가 졸업생들이 물려준 교복 한 벌을 구해다 입혀 놓고 같은 반에 있다는 누나를 알아보니 이복 남매였다. 란이는 순하고 착한 아이였는데, 어딘가 그늘진 구석이 얼굴에 스며 있었다.

동완이는 교복만 안 입고 온 것이 아니었다. 수업 시간에 들어가 보니 공책도 없고 연필 같은 기본적인 학용품도 없었다. 쉬는 시간에 동완이를 데리고 나가 공책과 연필과 자와 칼과 풀 등등 필요한 학용품을 사 주었다. 그런데 며칠 후 가방을 열어 보니 공책이 몇 권밖에 안 되고 학용품도 남아 있는 게 별로 없다. 어찌 된 일이냐고 물어보았더니 동생한테 주었다고 한다.

동완이는 학습 부진아다. 제 물건을 제대로 간수를 못하는 건지 소유에 대한 개념이 서 있지 않은 건지, 사 주는 물건마다 오래가지를 못했다. 성적으로 따지면 전교에서 제일 밑이다. 그래서 오후에는 진보반이라 불리는 특수학급에서 다른 학습 부진아들과 따로 모여서 공부한다. 진보반을 맡아서 지도하는 선생님이 별도로 있다.

그해 5월 초, 동완이 담임 교사가 가정 사정으로 휴직을 하게 되었다. 학교에서는 복수 담임인 원로 교사에게 담임을 맡길지 기간제 교사에게 담임을 맡길지를 의논하고 있었다. 그 이야기를 듣고 교감선생님을 찾아가 내가 담임 교사를 맡겠다고 말씀드렸다. 교장선생님은 무슨 이유인지 내가 담임 교사 자원하는 걸 내켜하지 않는 눈치였지만, 아무튼 나는 동완이의 담임이 되었다.

동완이는 집에서 학교까지 50분에서 한 시간쯤 걸리는 거리를 걸어서 온다. 아침이면 이마에 송글송글 맺힌 땀방울에서 김이 모락모락 날 때도 있다. 그런데 아침밥을 못 먹고 오는 날이 많았다. 새어머니는 아파서 밥을 제대로 못해 주고 누나가 밥을 하는 날이 많은데, 바쁜 날은 거르고 그냥 오는 것이다. 그래서 급식 문제를 맡고 있는 양호 선생님과 상의하여 동완이를 급식 지원 대상자로 선정하고 학교에서 밥을 먹이는데, 어떤 날은 세 그릇씩 먹기도 한다. 양호 선생님은 동완이가 그날 밥을 먹었는지 굶었는지를 담임인 나보다도 더 챙기고 보살펴 준다.

그리고 왜 버스를 안 타고 걸어오느냐고 물었더니 버스표 살 돈을 주지 않는다는 것이다. 그래서 처음엔 내가 버스표 사라고 돈을 조금씩 주었다. 그런데 나중에 물어보면 버스표는 몇 장만 사고 나머지는 군것질을 하거나 오락하는 데 써 버리곤 하는 것이었다. 처음엔 애들이니까 남들처럼 빵도 사 먹고 싶고 오락도 하고 싶겠지 하고 넘어갔다. 그러다가 차라리 자전거를 한 대 사 주는 편이 낫겠다 싶었다. 그래서 자전거 값도 물어보고 잘 아는 자전거 가게도 소개받을 겸 오토바이 가게를 하는 우리 반 형모네 집엘 들렀다. 형모 어머니는 동완이 어머니가 농약을 먹고 죽기 전까지는 동완이도 지금과 같은 정도는 아니었는데, 엄마가 죽고 난 뒤로 돌볼 사람도 없고 그래서 그런지 점점 뒤떨어지는 아이가 되어 간다고 한다. 그 말을 들으니 동완이가 더 안됐다는 생각이 든다.

자전거를 사 주었더니 얼마나 좋아하는지 입이 찢어지려고 한다. 그런데 며칠 지나고 나서 보니까 또 학교까지 걸어온다. 집에서 못 타게 한다는 것이다. 집에 전화를 걸었더니 동완이 새어머니는 위험해서 그런다고 한다. 또 잃어버릴까 봐 집에서만 타라고 했다고 한다.

그러던 어느 날이었다. 특수학급인 진보반을 담당하는 선생님이 교무실에 와서 특수학급 운영에 관한 공적 조서인가를 쓰는 동안 아이들이 진보반 교실을 나와 어슬렁거리며 돌아다니는 모습이 보였다. 얼마 안 있어 6교시 수업이 끝나고 쉬는 시간이 되자 여학생들이 울면서 교무실로 몰려 내려왔다. 체육 시간에 탈의실에 벗어 두고 간 옷에 들어 있던 돈이 다 없어졌다는 것이다. 적게는 몇천 원에서 많게는 몇만 원까지 잃어버린 아이들도 있었다.

　바로 짚이는 게 있었다. 동완이와 종확이 둘이 교무실 복도 앞을 지나 돌아다니던 모습이 떠올랐다. 두 녀석은 학교 곳곳을 찾아보아도 보이지 않았다. 벌써 각 반마다 청소를 하고 종례를 해서 아이들을 보내고 있었다. 차를 타고 나가 거리 여기저기를 살펴보다가 종확이네 동네로 가는 버스 시각을 물어보았더니 조금 전에 떠났다고 한다. 차를 몰고 종확이네 동네로 갔다. 버스에서 내려 집으로 걸어가는 종확이가 보였다. 거기서 종확이를 태우고 돌아 나오다가, 오락실에 들러서 오락을 하고 걸어오는 동완이를 만났다.

　두 녀석을 학교로 데리고 와서 주머니를 뒤져 보니 장난감도 나오고 돈도 있었다. 그런데 아이들이 잃어버린 돈과 맞추어 보니 몇만 원이 모자랐다. 나머지 돈은 어디 있느냐고 물어보아도 이게 전부라고 대답한다. 지금까지 불쌍하게 생각하고 돌보아 준 것에 대한 실망감과 도둑질한 돈을 숨기고 내놓지 않는 점에 대한 화를 삭이지 못하고 나는 매를 들었다. 이 녀석들은 한 대 맞을 때마다 돈을 꺼내 놓았다. 양말 속에서도 꺼내고 신발 밑창에서도 꺼냈다.

먹을 것을 사 먹고 오락을 하고 장난감을 사는 데 쓴 돈을 빼면 돈이 얼추 맞았다. 아이들을 집에까지 태워다 주고 오면서 마음이 안 좋았다. 형사처럼 다그치고 때려서 훔쳐 간 돈을 찾아낸 것도 그렇고, 지금까지 이 녀석한테 들인 공이 모두 헛수고였다는 생각 때문에도 마음이 무거웠다.

양말 없이 다니면 양말을 사 주고, 여름에 팬티도 못 입고 다닐 때는 팬티와 러닝셔츠를 사 주고, 실내화를 못 신고 다니면 실내화를 사 주고, 운동화가 없으면 운동화를 사 신기고, 머리를 못 깎고 오면 이발소로 데려가 머리를 깎아 주었다. 이발소 주인은 이런 눈치를 챘는지 매달 무료로 깎아 주고 있어서 고맙기 그지없다.

처음엔 저도 다시는 안 그러겠다고 약속하고, 읍내 나갔다가 고등학생 형들이 차 안에 있는 돈 꺼내 오라고 위협하고 때리는 바람에 남의 돈에 손대기 시작했다고 하고, 이번이 처음이라고 해서 그런 줄로만 알았다. 아무것도 모르는 애를 한 학년 위인 종확이가 데리고 다니며 시켜서 그러는 줄 알았다. 그런데 여기저기서 점점 안 좋은 소리들이 들려오기 시작했다. 새벽에 초등학생들과 함께 인근 초등학교 앞 구멍가게에 들어가 먹을 것과 돈을 훔치기도 하고, 거기서 훔친 담배를 피우다가 나중에 들통이

나기도 했다는 것이다.

내가 사 준 자전거를 타고 초등학생들과 함께 읍내에 나가 여기저기 오락실과 피시방을 전전하며 돈을 털고 게임을 하다 잡히기도 하고, 그렇게 몰려다니다 결국 자전거를 잃어버리고 말았다. 가출이 잦았고 그때마다 동네에서는 돈이나 패물이 없어졌다.

동완이가 여러 날이나 학교에 오지 않아 집으로 찾아가 봤더니 아버지는 대낮부터 술에 취해 자고 있어서 아무리 깨워도 일어나지 않고, 어머니는 마당에 있는 버섯 재배 하우스 안에서 나오지를 않는다. 비닐하우스를 사이에 두고 30분인지 40분인지 한참을 이야기하다가, 날은 추워지는데 어디서 자는지 무얼 먹고 지내는지 걱정이 되어 온 거라고 하자 겨우 하우스 안에서 나온다. 집 안은 사람 사는 집이라고 하기엔 너무 지저분했다. 빨지 않은 빨래며, 먹던 밥그릇이며, 버릴 건지 신을 건지 구분이 안 되는 흙투성이 신발들이 뒤섞여 있었다.

동완이 어머니 말로는 초등학교 때 동네 여자애한테서 도둑질을 배워서 그때부터 속을 썩인다고 한다. 그러나 적극적으로 나가서 찾아볼 생각은 하지 않는 것 같았다.

그렇게 집을 나갔다가 다시 돌아와 학교 다니기를 되풀이하던 늦가을 어느 날, 동완이는 교통사고를 당했다. 진보반 수업을 받고 있어야 할 시간인 오후 3시쯤 피시방에 가려고 학교를 빠져나와 지나가는 차를 잡아타고 읍내 사거리에 내려서 막 길을 건너가다 16톤 트럭에 부딪혀 정신을 잃고 쓰러졌다. 함께 갔던 종확이의 말에 따르면, 태워다 준 차에서 내리자마자 신호등도 보지 않고 무단횡단을 하다가 차에 치였다는 것이다. 머리에서 흘린 피가 길에도 홍건하였다.

병원에 입원한 첫날 거기서 동완이 아버지 얼굴을 처음 보았다. 그런데 밤이 깊어지자 아버지도 어머니도 모두 집에 들어간다는 것이었다. 둘 중 하나는 환자 곁에 있어야 하는 거 아니냐고 해도 자기도 다쳐서 왔고 딸도 다쳐서 왔던 이 병원이 싫다면서 모두 돌아가는 것이었다.

그 뒤로 몇 달 병원 생활을 하는 동안 동완이 아버지 어머니는 끝내 한 번도 오지 않았다. 나중에 병원에서 환자를 데려가라고 해도 동완이 아버지는 바쁘다며 오지 않았다. 그사이에 나는 동완이 겨울 내복이며 양말이며 수건이며 이런 것을 사 들고 병원을 들락거렸다. 먹을 것, 마실 것을 사 가거나 혹시 또 병원에서 남의 물건에 손댈까 봐 조심을 시키면서 병실을 오가는 동안, 흘린 피가 묻어 있는 가방과 옷가지는 동완이가 퇴원할 때까지 그대로 있었다.

2학년으로 올라갈 때도 나는 동완이 담임을 맡게 해 달라고 하였다. 그러나 2학년에 올라와서는 학기 초부터 폭력 문제가 생겼다. 제 맘에 안 드는 일이 생기면 저에게 잘 대해 주던 아이도 때려서 상처가 나게 하고, 어떤 때는 컵이고 양동이고 마구 집어 던지며 난리를 치고, 심지어는 소화기를 번쩍 들어 던지려다가 제지당한 적도 있었다. 반 친구들에게 어머니가 자살하지 않았다면 동완이가 저렇게 되지는 않았을 거라고 생각한다, 너희가 이해해 주길 바란다 하고 말했더니 아이들은 내 말을 받아들이며 이해하려고 애쓰는 눈치다.

봄에는 며칠씩 밥을 먹지 못하고 오는 날이 있어서 물어보니 어머니가 외가에 가서 오지 않는다고 한다. 이미 몇 달 전 이복누이 란이도 외할아버지가 전학을 시켜서 데려가고 어머니마저 가서 오지 않는데, 아침에 라면을 끓여 먹고 오거나 아니면 그냥 온다고 한다. 학교에 와서는 교실에 들어가 있는 때가 거의 없고, 그냥 학교 주변을 여기저기 배회하거나 학교에 일거리가 있으면 행정실 기사들과 잡일을 하는 것으로 소일할 뿐 아무것도 배우려 하지 않는다. 지난해 교통사고가 난 뒤로는 진보반 선생님도 아무것도 가르치려 하지 않고 마음을 닫아 버려서 동완이는 더더욱 겉돌 수밖에 없었다.

4월에 수학여행을 갈 때는 학교 선생님들 여섯 분과 학교 아저씨 한 분까지 일곱 명이 만 원씩을 내서 수학여행 경비를 모으고, 영어 선생님과 과학 선생님이 모자와 남방셔츠와 옷도 사 주었다. 선생님들이 데리고 다니면서 필요한 걸 사 주는 모습을 보고 가게 아주머니가 여행 가방 값을 받지 않으시겠다고 해서 가방까지 새로 마련해 수학여행에 데리고 갔다.

그 무렵에는 조금 정신을 차리고 학교 생활도 즐겁게 하는 것 같았다. 때마침 농협에서 나온 지원금이 있어서 1만 원짜리 상품권 몇 장과 5000원짜리 한 장이 들어 있는 봉투와 수령증 용지를 동완이 편에 보냈다. 믿을 수 있을까 하다가 그래도 한번 믿어 보자는 심정으로 손에 들려 보냈더니, 아니나 다를까 사고가 생겼다. 상품권은 아버지 주고 나머지 5000원을 가지고 또 집을 나간 것이다. 5000원을 밑돈으로 삼아 동생과 함께 피시방을 떠돌기 시작한 것이다.

그러면서 가출과 도둑질하는 횟수가 점점 늘어 갔다. 유일한 즐거움인 피시방에 가서 게임을 하고 싶은 마음이 생기면 길에 세워 놓은 자동차 문을 열어서 돈을 꺼내고, 심지어는 읍내에 있는 남의 집 안방에 들어가 돈과 휴대전화를 꺼내 가지고 나오는 정도로까지 발전했다. 또 가다가 자전거나 오토바이가 있으면 그냥 타고 다니다 아무 데나 버리기도 했다. 그리고 이제는 꼭 초등학생인 동생과 함께 다녔다. 먹는 건 둘이서 훔친 돈으로 해결하고, 잠은 마을 회관 옥상이나 공설 운동장 구석, 상가 건물 지하 같은 데서 자며 밖으로 떠돌았다.

그러다가 경찰에 잡혀 가서 조사를 받기도 했다. 경찰과 피해자들에게 담임 소견문을 써 주면서 사정을 이야기하고 간곡하게 부탁해서 구속을 면하기는 했지만, 지금보다 앞날이 더 걱정되었다. 지금은 나이가 어리고 아직 학생 신분을 유지하고 있기 때문에 훈방되기도 하지만, 나이가 더 들면 교도소를 들락거리다가 거기서 그냥 인생이 끝나 버리고 말 것 아닌가 하는 걱정이 들었다. 매를 대서라도 정신을 차린다면 매로 가르치고, 징계나 처벌을 해서 정신을 차린다면 처벌을 하고, 목을 매어 끌고 다녀야 한다면 그렇게라도 하겠는데, 그 어떤 것도 해결책이 되지 않았다.

일주일이고 열흘이고 밖으로 떠돌던 녀석을 데리고 오면 하도 냄새가 심해서 같은 반 아이들이 견디지 못했다. 목욕을 시키고 속옷은 빨래를 하고 입고 있던 겉옷은 세탁소에 갖다주곤 했는데, 세탁소에서도 동완이 빨래는 달가워하지 않았다.

나도 차츰 지치기 시작했다. 사랑과 관심을 퍼부어도 퍼부어도 밑 빠진 독에 물을 붓는 것일 뿐 하나도 달라지는 것은 없었다.

아니, 동완이는 점점 더 안 좋은 방향으로 나아가고 있었다. 내 앞에서는 항상 다시는 안 그러겠다고 하고, 돌아서는 순간 그 말을 지키지 않았다. 내가 주는 도움을 받기는 하지만, 나를 따르거나 믿고 의지하거나 저 좀 도와주십시오 하고 찾아오는 모습은 볼 수 없었다. 때론 미안해하는 느낌을 받을 때도 있지만, 그렇다고 제가 어떤 행동의 갈림길에 서 있을 때 나를 떠올리고 행동을 바로잡는 것 같지도 않았다. 솔직히 말하면 나는 동완이를 가르치는 일에 실패하고 있었다. 나로서는 동완이의 도벽과 가출벽을 고치거나 바로잡을 수 있는 능력이 없으며, 한계에 와 있다는 것을 인정해야 했다.

다만 한 가지 다행이라면, 이 녀석이 피시방 가는 걸 좋아해서 그런지 영어에 관심이 있다는 것이다. 영어를 알아야 이게 돈을 더 넣으라는 것인지 그만하라는 것인지 구분할 수 있기 때문이었다. 그래서 한동안 영어 시간만큼은 빠지지 않고 들어가는 것 같았다.

그리고 영어 선생님인 이 선생님이 우리 모르게 동완이를 도와주고 계셨기 때문에 동완이도 그 선생님을 좋아하고 따르는 것 같았다. 옷이 찢어지면 꿰매 주고 더러우면 빨래도 해 주니까, 그 선생님한테는 내게 못하던 말도 털어놓는 것 같았다. 어쩌면 동완이는 그렇게 다정하게 제 말을 들어 주고 정성스레 옷을 꿰매 주는 엄마 같은 선생님이 그리웠을 것이다.

동완이를 다루기가 몹시도 힘겹게 느껴지던 어느 날, 나는 청소년 상담소를 찾아갔다. 상담 실장님께 이런저런 고민도 말씀드리고 도벽을 고칠 수 있는 방법과 상담 자료를 부탁드렸더니 며칠 뒤 다시 오라고 하신다. 며칠 뒤에 갔더니 책자 자료와 상담 사례 연구집과 인터넷에서 뽑은 자료들을 주신다. 그 자료들을 보면서 나는 동완이를 모델로 쓴 것 같다는 생각이 들 정도로 비슷한 사례들을 발견하였다.

프로이트의 견해에 따르면 도둑질은 어릴 때 어머니와의 초기 경험과 관련된다고 한다. 상실한 사랑에 대한 대치 또는 잃어버린 모자 관계의 회복이 도벽의 원인 중 하나라는 것이다. 그리고 무의식적으로 존재하는 죄의식의 해소, 즉 처벌받고 싶은 욕구, 어떤 중요한 사람의 상실에 대한 복수, 선물을 받고 싶은 욕망의 부정, 상상 속의 적에게 해를 끼치기 위한 시도, 자기애적 손상의 보상 또는 자존심의 회복, 손상받을지도 모른다는 공포에 대한 방어 등이 도벽의 원인이 된다고 한다.

또 도벽은 자기가 무시당하고 사랑받지 못해 상처받았던 아동기의 경험에서 나온다고 보기도 하는데, 주로 상실, 이별, 중요한 관계와의 결별 같은 이유로 스트레스를 받을 때 잘 유발된다는 것이다. 그중에서도 부모 요인으로는 첫째, 문제성이 많은 부모의 태도와 잘못된 육아 방법, 무질서한 가정환경, 부모의 불화, 알코올 의존, 물질 의존, 아동학대 및 소홀 등이 있고, 둘째, 심리적 요인으로 역할 모델의 부족 또는 잦은 변화로 이상적 자아상과 양심이 건강하게 형성되지 못한 경우가 있으며, 셋째, 부모 이외의 사람들에게 받는 학대, 넷째, 낮은 사회경제적 지위 등의 요인들이 작용한다고 한다.

동완이가 어려서 초등학교 들어갈 무렵 어머니가 농약을 먹고 자살한 충격적인 경험과 아버지의 알코올 의존, 무관심, 무질서한 가정환경, 낮은 사회경제적 지위, 자신의 처지에 대한 절망, 이런 데서 오는 스트레스를 공격적으로 해소하기 위한 방편으로 남의 물건에 손을 대기 시작한 게 아닌가 하는 생각이 들었다. 그리고 생각해 보니 어머니의 죽음, 아버지와 새어머니의 불화와 결별, 그나마 병상으로 자신을 찾아와 위로해 주던 이복 누이의 떠남, 그 모든 일의 중심에 있는 아버지를 향한 해소할 길 없는 미움, 아버지로부터 받는 학대, 이런 일들이 벌어질 때마다 동완이는 도둑질을 하고 가출을 했던 것이다.

고흥 오리엔탈 메디칼 하스피톨의 인터넷 사이트에서 얻은 자료에 따르면 마음속 공허감을 다스리는 수단으로 물건을 훔치기도 한다는데, 좋지 않은 학교 성적으로 인한 압박감이나 박탈감 또는 버려진 느낌에서 벗어나기 위해, 미움·질투심·경쟁심을 표현하거나 또는 상대방과의 관계를 시험해 보기 위하여 물건을 훔칠 수도 있다는 것이다. 이것은 정신과적 질환과 연관되어 나타나기도 하는데, 우울증·주의력 결핍·과잉 행동장애·품행장애·경계선 인격장애·식이장애 등에서 훔치는 행동이 보이고, 지능이 낮거나 학습장애·뇌손상이 있는 경우에도 많이 나타난다는 것이다.

게다가 양육자가 보이는 행동에 따라 훔치는 문제 행동이 계속될 때가 많다고 한다. 대개 지나치게 엄격하거나 무관심한 경우가 문제가 되는데, 훔치는 행동을 통해서만 관심을 얻게 되면 아이의 문제 행동은 늘어난다는 것이다. 적절한 감독의 결여, 혼란스럽고 난폭한 환경에서 학대나 방임 상태에 놓인 경우와 연관되어 나타나는 사례를 임상에서 많이 본다는 것이다. 그러고 보니 동완이도 무관심한 아버지, 집을 나가도 찾는 법이 없는 아버지에 대한 반항이나 복수심으로 도둑질을 하는 것은 아닌지, 부모나 교사의 관심, 정확히 말하면 부정적 관심이라도 끌고 싶어 도둑질을 하는 건 아닌지 하는 생각이 들었다.

특히 놀라운 사실은 가게에서 물건을 훔치는 사람의 20퍼센트는 우울증을 겪고 있으며, 거식증 환자의 10~15퍼센트, 폭식증 환자의 3분의 1에서 3분의 2는 물건을 훔친 적이 있으며, 폭식 직후에 물건을 훔치는 경향이 많다는 것이다. 또한 샌더슨이라는 사람의 연구에 의하면 도벽이 있는 아이들의 어머니들은 정상적인 어머니들보다 더 신경질적이고 내향적인 것으로 나타났다고 한다.

이런 원인들 말고도 감정 불안에서 오는 경우와 강박적 성격에서 오는 경우, 방탕적·향락적 성격에서 오는 경우, 열등감에서 생기는 경우, 과시적 성격에서 오는 경우 등 도벽에는 여러 원인이 있다. 특히 열등의식이 경제적인 것일 때 도벽의 경향으로 나타난다는데 동완이가 여기에 해당하는 것 같았다.

일단 이렇게 시작된 도둑질은 그러한 요인들이 사라지지 않는 한 반복적으로 나타나고 습관화되며, 우발적이고 기회적이며, 거짓말·가출·방황 등 다른 문제 행동을 복합적으로 동반하면서 진행된다고 한다. 동완이도 일종의 병적 도벽으로까지 진행된 것은 아닌가 싶었다. 병적 도벽은 아무 생각 없이 이루어지는 충동 장애의 일종으로, 훔치고 싶다는 충동 표현이 방해받으면 불안이

증가하고 도둑질을 끝낸 후에는 긴장감이 해소된다고 한다.

동완이는 돈만 눈에 띄면 충동적으로 갖고 싶은 마음을 이기지 못하며 조절 능력에 장애가 발생하는 것 같다. 그래서 약속도 다짐도 다 잊어버리고 일단 그 돈을 자기가 좋아하는 일에 써 버리기 위해 학교를 빠져나가거나 가출하는 것 같았다. 컴퓨터 게임에 중독되어 그러는 거라면 학교나 집에 컴퓨터를 들여 놓고 게임을 깔아 주면 해소되지 않을까 생각한 적도 있지만 그것도 온전한 해결책은 되지 못할 것 같다.

그리고 이번 상담소 방문을 통해 크게 얻은 것은 학생의 이런 행동을 교사 자신의 실패로 받아들여서는 안 된다는 점이었다. 아무리 화가 나고 분통이 터져도 교사가 침착성을 유지하고 자제력을 최대한 발휘하는 것이 무엇보다 중요하다는 것이다. 교사나 부모가 화를 내고 먼저 비난하게 되면 거짓말과 변명을 불러올 뿐 아무 해결이 안 된다는 것이다.

그러나 이런 행동을 무시하거나 사소한 것으로 간주하면 더 큰 문제가 생긴다는 점을 명심하고 즉각적으로 대응할 필요가 있다고 한다. 아이의 최소한의 체면은 살려 주면서 물건이면 물건, 돈이면 돈을 주인에게 돌려주거나 사과를 시켜야 하고, 남의 소유물을 존중하는 생각을 갖도록 지도해야 한다는 것이다.

무엇보다 중요한 것은 가족 사이의 관계 유지다. 이것을 통해 소속감·신뢰감·자신감을 심어 주고 따뜻한 대화로써 공허감 또는 박탈감을 풀어 주어야 하는데, 이것은 부모와 함께 해결하지 않으면 안 될 과제다. 가치관을 다시 심어 주는 일, 물건을 빌리고 돌려주는 규칙을 명확하게 가르쳐 주는 일, 유혹을 미리 줄이기 위해 지갑과 현금과 저금통을 확실하게 관리하는 일, 평소에 용돈을 잘 관리해 주며 노력해서 돈을 버는 경험을 하게 해 주는 일 등등 사소한 것부터 큰 것까지 신경 써야 할 일들이 많다.

2학기 개학하고 얼마 되지 않은 토요일, 동완이가 결석을 했다. 영어 선생님인 이 선생님께 여쭈어 보았더니 버스표 열 장을 사라고 돈을 주었는데 두 장만 사고 나머지 돈을 들고 집을 나간 것 같다고 걱정한다. 방학 내내 매일 한 차례씩 휴대폰으로 걸려 오던 전화도 오늘은 끊어졌다는 것이다.

월요일에도 동완이는 학교에 나오지 않았다. 오후에 차를 몰고 읍내로 나가 피시방을 다 돌아다니면서 찾았지만 보이지 않았다. 그래서 피시방에다 내 전화번호와 학교 전화번호를 적어 주고 아이들 사정을 이야기한 뒤 꼭 연락해 달라고 부탁하고 학교로 돌아오는데, 교문을 막 들어설 즈음 전화가 왔다. 뉴넷 피시방이었다. 지금 동생과 함께 들어와서 게임을 하고 있다는 것이다. 바로

차를 돌려 피시방으로 갔다. 그전처럼 일주일이고 열흘이고 내버려 둘 것이 아니라 당장 찾으러 가야 한다는 생각한 이유는, 가지고 나간 돈이 떨어지면 곧바로 남의 돈을 훔쳐서 생활을 하기 때문이었다.

다음 날부터 동완이가 가지고 있던 돈 5600원을 가지고 토큰 법을 통한 개입 프로그램에 들어갔다. 동완이가 하루 동안 학교생활을 잘하면 100원짜리 동전 세 개, 남의 물건에 손대지 않았으면 동전 두 개, 합해서 500원을 주기로 했다. 돈은 일주일 단위로 받는데, 일주일 동안 잘 생활하면 내게서 3500원을 받는다. 한 달이면 1만 5000원 정도의 용돈을 받을 수 있다. 그 대신 잘못해서 문제를 일으키면 내가 보관하고 있는 동완이 돈에서 300원씩을 내가 갖기로 했다.

첫 주에 동완이는 겨우 1110원을 받아 갔다. 이것도 잘 지속될지, 아니면 동완이가 거부해 버릴지 아직은 모른다. 동완이네 아버지와 가정환경이 달라지지 않는 한 동완이의 방황은 결코 끝나지 않을지도 모른다.

그러나 내가 할 수 있는 일은 시시포스 신화에 나오는 이야기처럼 끝없이 정상을 향해 바위를 밀어 올리는 일이다. 다 올려놓았다 싶으면 또 아래로 굴러떨어지곤 하는 바위를 바라보면서도 절망하지 않고 다시 바위를 응시하며 터벅터벅 걸어 내려가 바위를 밀기 시작하는 일, 교육은 어쩌면 매일 그런 일을 되풀이하는 것인지도 모른다는 생각을 할 때가 있다. 주저앉고 싶고 포기하고 싶지만 거기서 다시 일어서서 허무와 절망과 실패로부터 매일 다시 시작하는 일, 그게 내가 매달려야 할 교육이라고 생각한다. 동완이도 그런 거대한 절망의 바위 중 하나라고, 나는 생각한다.

도종환의 교육 이야기 -변해야 할 것과 변하지 말아야 할 것

2000년 11월 20일 1판 1쇄
2008년 7월 10일 1판 10쇄
2011년 6월 30일 2판 1쇄
2012년 6월 20일 2판 2쇄

지은이 : 도종환

편집 : 김태희, 김태형, 이혜재
디자인 : 권지연
제작 : 박홍기
마케팅 : 이병규, 최영미, 양현범

출력 : 한국커뮤니케이션
인쇄 : POD코리아
제책 : 신안제책사

펴낸이 : 강맑실
펴낸곳 : (주)사계절출판사
등록 : 제 406-2003-034호
주소 : (우)413-756 경기도 파주시 문발동 파주출판도시 513-3
전화 : 031)955-8588, 8558
전송 : 마케팅부 031)955-8595 | 편집부 031)955-8596
홈페이지 : www.sakyejul.co.kr | 전자우편 : skj@sakyejul.co.kr
독자카페 : 사계절 책 향기가 나는 집 http://cafe.naver.com/sakyejul
페이스북 : www.facebook.com/sakyejul | 트위터 : www.twitter.com/sakyejul

ⓒ 도종환 2000, 2011

값은 뒤표지에 적혀 있습니다.
잘못 만든 책은 구입하신 서점에서 바꾸어 드립니다.

사계절출판사는 성장의 의미를 생각합니다.
사계절출판사는 독자 여러분의 의견에 늘 귀기울이고 있습니다.

ISBN 978-89-5828-552-6 03810

이 도서의 국립중앙도서관 출판시도서목록(CIP)은 e-CIP 홈페이지(http://www.nl.go.kr/cip.php)에
서 이용하실 수 있습니다.(CIP제어번호 : CIP2011002407)